霓虹不止一种颜色

胡苑书文字集

胡苑书 著

中国财富出版社有限公司

图书在版编目（CIP）数据

霓虹不止一种颜色：胡菀书文字集／胡菀书著．—北京：中国财富出版社有限公司，2021.11

ISBN 978－7－5047－7488－0

Ⅰ.①霓…　Ⅱ.①胡…　Ⅲ.①散文集—中国—当代　Ⅳ.①I267

中国版本图书馆 CIP 数据核字（2021）第 147848 号

策划编辑　朱亚宁　　**责任编辑**　朱亚宁
责任印制　梁　凡　　**责任校对**　张营营　　**责任发行**　杨恩磊

出版发行	中国财富出版社有限公司		
社　　址	北京市丰台区南四环西路 188 号 5 区 20 楼	**邮政编码**	100070
电　　话	010－52227588 转 2098（发行部）		010－52227588 转 321（总编室）
	010－52227566（24 小时读者服务）		010－52227588 转 305（质检部）
网　　址	http：//www. cfpress. com. cn	**排　　版**	宝蕾元
经　　销	新华书店	**印　　刷**	北京九州迅驰传媒文化有限公司
书　　号	ISBN 978－7－5047－7488－0/I・0328		
开　　本	880mm×1230mm　1/32	**版　　次**	2021 年 11 月第 1 版
印　　张	8. 625	**印　　次**	2021 年 11 月第 1 次印刷
字　　数	216 千字	**定　　价**	42. 00 元

序

你终于成为一个有力量、有温度的女孩

作为胡菀书的妈妈，曾以为完成这本文集的序是件比较容易的事。毕竟，这本文集的近 14 万字是由我一点一滴整理、汇编、校对，又一字一句读过的。可是，令我百思不得其解的是，这篇看似容易写的序让我的拖延症暴露无遗。因为缺失了这篇序，拖延了文集交付出版的时间。2020 年 6 月，我就开始汇编这本文集，直到 2021 年 4 月，我还没有完成。就在昨天傍晚，我给高三的女儿送完饭，走在回家的路上，想起了必须要完成的这篇序，心中突然涌出了巨大的悲伤，这份悲伤告诉我拖延的原因——我陷入了即将与女儿分离的焦虑中。

这本文集，是我想送给即将 18 岁的女儿的生日礼物。在我的想象中，这应该是一件很特别、很有纪念意义的成人礼。当这份成人礼完成并交付给女儿的时候，便意味着她 18 岁了，也意味着她完成了高考，即将进入大学，几年后迈入社会，开始走向属于她自己真正意义上的独立人生。这更意味着无论过去的 18 年，我从什么时候开始准备与她分离，真正分离的时刻即将到来！而当这篇序完成，这本文集有个完整的样子交付出去的时候，在我心里，它就是我和女儿真正分离的“象征物”，而我不能回避了！我要面对这个对于我们一家人来说的重要时刻：心理意义上的父母与孩子的分离。我的宝贝女儿将一去不回头了！

这场分离的痛，比 18 年前女儿离开我身体时我所感受到的分娩之痛，要痛苦千百倍。在这 18 年陪伴女儿成长的过程中，我一天天感受到孩子对我的爱，甚至比我爱她更甚。尤其她进入高中后，分离的脚步一天天临近，我细细感受、记录着与女儿相处的点滴。我惊异地发现她高一时遭遇的人际关系伤痛、她高三时的数学学习经历，与当年青春期时的我何其相似！她与我隐而不发情绪的心照不宣，我们心有灵犀，虽不曾明确戳破，却在彼此状态的起伏中相互滋养。她在面对充满控制欲、焦虑得甚至一度把她的学业成绩当作面子的妈妈时，有抗争、有愤怒、有哭闹，却始终对我不离不弃。她会在我像个孩子般委屈落泪的时候，走到我的面前，用那双有力度更有温度的清澈眼睛看着我，直到我不再躲闪，勇敢地看着她，再一次与她做深入心灵的沟通。

感谢女儿！是你让妈妈懂得什么是真正无条件的爱，因为你给予妈妈的，就是没有任何条件的、纯粹的爱。感谢女儿！是你让妈妈懂得育儿先育己，我们虽是母女，更是彼此独立的个体。妈妈会一直祝福你！

近几年，我一直专注于做青少年心理健康与发展的相关工作，也接触了数百名青少年及其背后的家庭。目前，家长们似乎有个共同困惑：面对青春期“叛逆”的孩子不知所措，如临大敌。当我在整理女儿文字的时候，我深深走进了一个青春期女孩丰盈、美好的内在世界，与这个女孩一起经历她成长过程中不与人言说的迷茫、酸楚、沮丧、挣扎，同时走过那条荆棘之路，始终不放弃，始终努力向阳，始终找自己、爱自己，始终对未来充满美好向往。再回想起我接触过的青春期孩子，他们的内在世界与我女儿一样丰盛；他们与我女儿一样承受着巨大的学业压力、遭受着大人的误解，感受着痛苦、迷茫、无措。所有青春期的孩子都需要被看见、被尊重、被理解、被鼓励！

这本文集汇集了女儿的考场作文、作业文章、读书笔记、电影观后感、音乐剧剧评、新闻短评、小诗、歌词、随笔、写给偶像的信、写给父母的信……有的反映了当代青少年的深邃思想；有的记录了遭受学业挫折时的沮丧痛苦；有的观点稚嫩，却体现了一名青少年的自我表达，体现了她心中所谓的正义与立场，尤其呈现了她看世界、看人生、看自己的“三观”变化。当我一点点把这近 14 万字变成书稿的时候，仿佛又陪伴着女儿成长了一遍，我惊喜地发现了一个仿佛不曾认识的，如此立体、独特、丰富的女孩。此刻，她不是我的女儿，而是有着独立精神的、大步行走在成为她自己之路上的英雄。

这本文集除了作为女儿 18 岁的生日礼物，还有我作为青少年心理健康工作者，想与更多的青春期孩子的父母分享的内容：当你通过文字，看到你所不了解的青春期孩子的心理和思想蜕变时；当你透过文字，被一个蕴含饱满情感的生命所感动时；当你看到曾经骄傲的学霸在高一因成绩跌入低谷而沮丧、迷茫与苦苦挣扎，却最终没有放弃时；当你看过这些文字，感受一个青春期孩子努力挣扎向上拼搏，对社会、周遭世界进行思考时，你也会如我一般，深深走进青春期孩子的心灵与思想世界，你不会再惧怕“叛逆的青春期”，你会对青春期多一份同情和理解。

这本文集中，女儿引用了木心在《琼美卡随想录》的一句诗：我不能歆享你们的赐予，因为我活在自己的光里。我感受到了青春期的孤独，这是属于孩子的孤独。女儿在面对初中英语老师的发问“你想要什么？”时，她的回答是：“并非父母的期盼，并非世俗的看待，并非幼稚的高人一等，学习只有与己之未来牢牢牵连之时，才真正成为‘自己的事’。”在即将完成这篇序时，离女儿高考的日子还有 40 多天，她早已明白学习是自己的事，高考是自己的事。

祝福女儿高考顺利！愿美好如约而至！

感谢你一路成长，感谢你一路不屈服于恶意，感谢你终于成为有力量、有温度的自己。

胡菀书的妈妈　李璐

2021 年 4 月 21 日

CON 目录 TENTS

ONE

▶ 高中篇

人生长旅，且听风吟

我愿在这世上听那呼啸的风。

——题记

我相信有许多人都曾被问及人生的目的，有人说，我们终其一生都在寻找；有人说，自诞生那刻起，我们便有自己的航标。而我想，在这个哲学的终极命题之下，是我们日复一日又永不重复的生活。也许我们不用急于得出结论，也许生活早已给出了答案。

在理想的天空下，我们寻找自己的归处。我曾见过有人将理想注解为“遥远的欲望”，这也是有几分贴切的。理想也许始于童年时关于科学家、老师，或者大明星的幼稚遐思，但如今说起理想，那一定是值得我们去等待、去追寻的事物，它足以让我们热泪盈眶，足以点燃我们生命的火光。

司汤达笔下的于连是一个渴望跨越阶层、改变人生的野心家。美国的开国国父汉密尔顿，像他新生的国家那样“年轻、饥饿，渴望拼杀与战争”。一个是为了登攀不择手段的木匠之子，一个是书写了尚未扭曲变质的、稚嫩而炙热的“美国梦”的来自加勒比海国度的移民。我在这里无意评判他们人生中的对错是非，我认为他们的人生给出了“人生目的”的答案——激烈的情绪、滚烫的温度、永不停止奋斗的脚步。理想是我们自定的目的，追逐则是人生的意义。

在现实的土壤中，我们辨清自己的来处，人生不只是李贺诗里的“少年心事当拿云”，它往往也漫长、枯燥，往往昼短夜长。如果说理想是目的，那么现实一定就是前提。

我想起罗曼·罗兰书中的一个故事。一个男人背着一个孩子，走过长夜、攀过险崖。星群暗淡、万籁俱寂之时，他终于看到一线天光，走进金色的黎明。背上的孩子很沉，压得他几乎直不起腰。他问孩子，“你是什么？”孩子回答，“我是即将到来的日子。”即将到来的日子，就是理想与现实间的航程。我们与最终目的地的距离，要用自己的双脚去一步步丈量。

在奉献与拼搏间，我们再次寻找人生的意义。这个世上没有真正的孤立存在，人是一种群居动物。“生存”与否与自身有关，而“生活”与否却与他人有关。在这二者之间，是“给”与“得”的转化和平衡。我们的生存与生长，往往是群落、社会乃至时代的给予，我们不断地从中获取。可人生不仅在于“生”，更在于“活”。

加缪说：正是因为世界缺乏意义，我们才要去创造意义。因此，奉献与拼搏，与其说是对曾经“获取”的回馈，不如说是对内心世界的秩序的捍卫。

将这个观点投射于当下，那便是奉献精神与家国情怀。它可以是珠峰顶上傲雪飘扬的五星红旗；它可以是南沙群岛上戍边将士的钢枪；它可以是方舱医院中被口罩勒出青痕的笑脸。它是基于民族复兴伟大理想的现实，它是被星星点点的个人理想照亮的现实；它也依然是每个国人心中蓬勃的理想，是终将抵达的光明未来。

如果要再问我一次人生的目的，我的回答会更坚定。在人生的漫长旅途中，要抬头见月，要迎难登履，要寻找自己与他人、与时代的联系。我们要在超越中寻找人生的目的，去听时代呼啸的风声，去听自己内心的声音。

破茧而出，踏浪而行

随着科技的发展，互联网在我们生活中的地位日益凸显，我们应当开始思考网络空间的构建与维护。可随之而来的“信息茧房”与“回声室效应”，又使网络空间中的个体逐渐走入一种困局。在我看来，我们对于这个问题的探索，恰恰是每个人寻找自己在时代中的立足点的有效方式。

信息茧房的形成与多方面因素有关，商业化与社会性在其中交织缠裹，但我想讨论的并非现象本身，而是身居茧房的每一个人，该何去何从。这其实在于公共空间与私人领域的冲突与流动。

网丝成茧，其实是私人领域对公共空间的挤压。网络空间的搭建是相对容易的，微博、豆瓣、抖音、知乎等社群、社交软件早已占据人们的生活。可群体秩序的形成并没有与空间的搭建同步。在商业利益的驱使下，占领热搜榜、强势地挤占网友的生存空间。而互联网的隐蔽性与无接触性，又使网民的素质难以回归，网络暴力屡禁不止。在这样的集体失序面前，“圈子”的形成似乎是个体唯一的反抗形式。

可网络空间在无数“同类抱团”“划地而治”的情势下无可避免地出现断裂，其恶果也渐趋显著。与网络联系越来越紧密的个体会在这样的“塑造”下渐趋同质化，人的多样性与独特性会在其中被消解；人的感受能力会逐步退化，于一致的赞美或怨愤中日益麻木，丧失对光明的感觉和痛觉。这种强烈的归属感会让个体意识在集体中消融，公共空间内的党同伐异甚至被合理化。

人的力量在任何庞然大物面前都并不渺小，我们在茧房中并非无能为力。在崭新的时代中，我们是信息的接收者，更是传递者与表达者。只有放弃思考或缺乏判断能力的人才会轻易被裹挟，尽力保持清醒应当成为下意识的习惯。而画地为牢也从来不是处理公共与私人问题的最优解，反抗“被动塑造”的最有效方式是主动去塑造公共空间。质疑与表达是我们的权利，更是时代赋予我们的责任。勇于“破茧而出”，在网络中留下自己的印痕，“沉默才会被代表”，我们要在时代中寻找自己的支点。

我始终坚信，表达者有太阳般的使命，我们可以消融人与人之间的冰河，让自己的价值随时代与信息并流。

为自己破开茧身，去踏时代的汹涌浪潮。

在“灰域”树起藩篱

教师是否应当有教育惩戒权？人大代表的呼吁一出，网上对此讨论热烈。纵然大众对此的判断莫衷一是，其矛盾焦点皆在于“教育学生的方式是否合理”。我认为教育惩戒权是正当的，且对此立法，恰是对师生双方的保护。

我曾读到过一句话，“为纪律赋予权威的，并不是惩罚；而防止纪律丧失权威的，却是惩罚”。“惩戒”二字具有不同的指向。“惩”是师之责，是与奖励相生的教育方式，它保持了教育的相互关系中，师长的相对权威。“戒”是生之得，是帮助学生明辨是非的有效方式，习得“是”的同时要警戒“非”。于教师而言，惩罚便于管理；于学生而言，警戒是为德育。

回观当下的教育现状，我们更能发现教育惩戒权的必要性。教师不敢罚，是怕触碰“体罚”的边界；学生不服管，话尽处也只剩下“自觉”。其实，我们不难发现，在这样两相退却的局面中，横亘着另一个角色——家长。

正如此次事件中提出反对意见的家长所言，他们认为重提惩戒，是教育的一种“倒退”。

可真正导致“倒退”的，不是惩戒本身，而是家庭教育在学生成长过程中的失位。

诚然，传道授业的学校有着德育的责任，但家庭教育始终是学生心智成长的最重要一环。如今，许多家长对于规则教育和心理疏导的忽视，与他们对学校、教师的不信任，共同构成了家、校关系中的最主要矛盾——寄希望于学校的管教，又拒绝学校自行选择管教方式。我也不是教育专家，但我起码知道一点：若惩戒不正当，则鼓励无意义。

惩戒的存在与价值是不可抹消的，而对此立法、立规，恰是迎合了时代的进步：但凡权力，就要被限制，就要有边界。我们不该否认惩戒的整体作用，但我们必须警惕合法环境下的不合法行为。惩戒是教育的途径，而非教育的目的；惩戒只能辅助教学，而不能代替教学。只有将惩戒的标准细致化、规范化，保证对学生的公平和尊重，其意义才能得到最大彰显。教育惩戒应成为迷航灯塔、歧途路标，它不是恶的显形，而是善的回归。

目前，教育惩戒仍处于制度边缘的灰色领域，对此师生、家长讳莫如深，或者说心照不宣。我们应当尽快为其立规、立法，承认教育惩戒权的合理性与合法性，并在此隅灰域中树起一道制度的屏障。

霓虹不止一种颜色

尊敬的何冰老师：

展信佳！

看了您的演讲《后浪》后，我深受触动。恰如您所言，如今的青年人更能“包容多元审美”，这一点我相当认同，并深深为之自豪。今天写信给您，我也想针对这一点，向您表达作为一个青年人的想法与感受。

审美是一个人对事物的感受能力。因此，与其说是“包容多元审美”，不如说是“尊重任何审美”。“包容”是集体语境下对社会成员态度的整体诠释，而至于每一个个体，我想，所谓的审美多元，就是尊重他人的选择。

我们可以基于这个结论，发出顺理成章地追问：为什么尊重多元审美？

我认为这与社会公德和公民素质有关。《后浪》身上从来不只有纪元更迭的印迹，我们所接受的教育、成长的社会环境都是崭新的。公民教育是其中相当重要的体现。青年人里不乏已经成熟的当代公民，我们呼唤集体意识下个体的觉醒与成长；追逐自由、享受权利、履行义务、承担责任。这是多元审美的来处——我们更敢于表达，这也是多元审美的归处——我们学会了平视与尊重。试图改变别人其实是一种傲慢，毕竟轻率地否定他人也就意味着盲目地认同自我。在时代奔涌的浪潮里，我们学会了慎重、庄重和尊重。

同时，提及“多元审美”，就要提及另外两个词，“圈子”

和“小众”。在服饰方面，越来越多的人穿着汉服、洛丽塔洋装走上街头；而在音乐领域，民谣、摇滚、音乐剧也各有受众。我想，这般情形与青年人本身有关。我心目中的《后浪》，在一定程度上可以排除生理年龄的限制，它是所有“天真未泯的成年人”的总称：他们拥有独立思考的能力，也仍然拥有追逐热爱的勇气和决心，仍然会谈论理想、远方和爱。《后浪》与多元审美互为意义与目的，这样的少年意气可以转化为某种确信——任何一种热爱，都不需要人多势众。

这是于我而言，尊重多元审美的理由。

另外，正如我上文所述，《后浪》是一个可以模糊年龄界限的概念，多元审美应当不是年轻人的专属。我们除了要以审慎的态度观照自身，也应承担起社会与时代所赋予的责任：去呼唤广泛的社会自觉，让每一个人成为自我审美的主导者，并不为任何偏见所改变。

李文亮医生说：“健康的社会不应只有一种声音。”我也想说，霓虹不止一种颜色。健康的社会可以包容斑斓多彩的生命形态，每一种审美都独特而珍贵。

敬祝

身体健康，事业顺利。

一个青年人

让心上的蔷薇绽放

面对同一位环卫工人，一位母亲借以警示自己的孩子学习怠惰的下场，另一位母亲却在自己的孩子心中植下一个美好的愿景。由此可见，不同的生活、处世态度是会影响人的成长的。我显然更认可后一位母亲的做法。因为，世事纷扰、人心易改，只有善良是人心田上不会凋零的花。

对于个人而言，善良是积极的生活态度与价值取向。前文提到的两个孩子，在不同价值观的引导下，想必未来的人生轨迹也会不同。一个视“人上人”的生活为最好的生命结果，怀抱着对周遭事物的否定谨慎地成长，像是要拿一生去挣脱平庸甚至卑贱的泥淖。他也许会功成名就，也许会归于平凡，但我想，他很难快乐。因为“超越”某种生活方式或是“实现”某种生活方式已经是他的终极目标了，一个不懂得爱与尊重的人，即使被人群簇拥也只能同自己相处。

而另一个孩子是会不同的。他一路成长，一路欣赏，他向往着一个更美好的世界，也热爱着这个世界中的所有人。像一位诗人所言：这世上最微小的花，会使我拥有非泪水所能表达的深切感受。能够怀抱着善意去看待每一个人，也会更擅长感动。他能听见春芽初萌、暮色浅动，他能看见柳梢新月、海面繁星。他会一生昂扬向上，将自己的愿望掷向太阳。

我的意图并非比较两个孩子的一生，这样的联想是有些绝对和夸张的。可这能够反映不同的教育对人一生的影响。前者将人间视作分秒不休的赛场，而努力的意义在于更高的社会地位和更优渥的物质生活，徒求个人的成功最终也会被社会所孤立。而后者更像是美学教育，人生要向前走，也要知晓“慢慢走，欣赏啊”的道理。善良是发现美的前提。

对于一个社会而言，后者的价值取向便像是对古人所言的“美美与共”的呼唤。倘若人人皆以他人“不够理想”的生活为诫、为耻，那么这个社会就会变得狭窄、坚硬、冰冷。而真正的包容与多元也不只是平权与开放，它首先应是尊重每一种生命存在的方式，且要“为他创造一个更好的世界”。当人人都怀抱着这样的愿望，关怀他人也关怀世界，这个社会自然也会成为个人发展的沃土。这会是最好的时代，这会是新一日的黎明。

让心上的蔷薇绽放，让自己的生命中长存善良。当你梦想在夜幕间成为万物的光照时，你也许真的能够成为蜿蜒在人间的银河。

在你努力去创造更好的世界时，你也会成为更好的人。

与自我对坐：评一次线上测试

在新冠肺炎疫情防控期间，“线上课堂”走进了大小城市、社区，随之而来的，还有更为新颖的考试形式：线上测试。在特殊情况下，特殊的线上课堂尚有“授课效果不如线下面授”之疑，而对于监控力度、诚实品质要求更高的线上测试，则引起了更大的争议。

有人拾起对于考试结果的重视，力图通过“父母监考”等方式保证结果的真实可信；有人搬出考试过程的价值，呼唤“自觉”的回归。但在我看来，线上测试的矛盾焦点，不在于“过程”与“结果”重要性的互搏，而是在于公共意识与自我意识的权衡与转化。

如果说线上课堂是学习自主化的过程，那么线上测试则是考试私人化的转变。现代语境中“考试”的两大主体，从来都是教师与学生：这是学生对自己阶段性学习成果的考查，也是教师对自己教学成果的检验。那么，回归家庭的线上测试，无论是要求父母的参与，抑或是开启摄像头等监控方式，都无法实现传统线下测试中二元主体的紧密联系。暂不提考试结果，有人用平板、有人用白纸、有人在书桌、有人在餐桌……考试过程的公平性都无法在线上测试中实现。

由此，站在学生的角度，考试由公共空间回到了私人空间。例如作弊，这种在线下测试中被规则和监视所严控的行为，在线上测试中几乎不用付出成本，公共规范意识无法约束学生。同时，在线下测试结果发布后可能面对的公众目光，比如老师和同学对自己的看法，也不再成为努力的加码，“外动力”几乎成为空谈。在线上测试中，老师不再站在卷纸的对岸，学生抬首看见的是另一个自己。考试变成了一种向内的自视。

这看起来是线上测试的困局，但同样是很好的时机。在线下测试中，无论教师如何强调“学习是为自己学”，检验过程中都伴随着学生对荣誉的追逐、自尊的维护。这些在许多时刻都削弱了学习本身的价值。而借由考试过程与公共空间的剥离，我们可以进行一种自我意识的培养，让内动力成为学习过程的主导。线上测试是自我审查的具象化过程，学生在这方面的初始能力是不同的。自我价值感高的学生会让诚实成为一种潜意识，而自我价值感相对较低的学生则会停留于事功价值的片面认知。我们要注重由后者到前者的引导转化，毕竟，内里腐烂的枝干难以再生新叶。此处的“自觉”不是前提，而是需要去培养的能力，是从“自我觉察”到“自我觉知”，再到“自我觉醒”的过程。“自我”是素质教育的重要一环，是具有公共意识乃至公民意识的前提。

无论诚实和事功价值，且听心野上的风吟。

丈量心与心的距离

这是个喧嚣的时代，我们有太多种方式去听见和被听见，用声音、用文字，抑或是通过键盘与屏幕。我喜爱这样的变化与发展，可论及交流与沟通，相较于“键对键”而“不见”，我更偏爱与人“面对面”。

“面对面”的交流，蕴藏着一份郑重。从神话里牛郎织女鹊桥相会，到柳永词中“执手相看泪眼”，似乎，当二人相见，便有或浪漫或动魄的情节，哪怕相隔遥远，千里迢迢最终也是为了相见。当然，古时也有相对漫长的“键对键”，即书信。可到底是“见字如面”，同你写信，是为了弥补难与你相见的遗憾。

究其原因，是在于仪式感。“人有悲欢离合”，有合也必有离，离合间写就人生悲喜。“面对面”像是一场仪式，是你我二人的宴席。我们珍惜每一次“相见”，是因为终有离别；我们珍惜每一次“面对面”，是因为一切与旁人有关的情绪。正是因为月缺有时，我们才将殷殷思念寄予一场月圆。

“面对面”的交流，是裹挟着真实的。霍金曾说过，人世间最令人感动的，是“遥远的相似性”。“遥远”是人生的常态，我们总需要独自旅行，而“相似性”，却更多地寓于每一次相遇或重逢。“键对键”作为现代科技发展的产物，自然有其快捷与便利之处。可于我而言，“键对键”更像是人们追求“面对面”的方式与过程。

只有“面对面”时，才会有“既见君子，云胡不喜”的直观感受；只有“面对面”时，才会生起“高山流水觅知音”的强烈共鸣。当我们对一个网友产生欣赏之情时，第一个浮现于脑海的念头，是“想和他见面”。我当然想知道那个与我相谈甚欢的你最真实的模样，我也想以我最坦诚的姿态，在你的生命里留下痕迹。“面对面”既是人与人发生联系的遥远起始，也是人们求索至今在一切亲密关系中所追求的最终目的。聂鲁达的诗中说：“当华美的叶片落尽，生命的脉络才历历可见。”我想，也只有“面对面”，才算不辜负生命里的每一场相遇。

交流与沟通，可以丈量人心与心之间的距离。一次情绪的相触，一次灵魂的振荡，我们不断分离，也不断重逢。“键对键”是时代赋予我们的幸运，让我们更容易找寻到下一次“面对面”的相遇。交流归根结底是为了最真实的联系。

我想，只有真正见到你，才能算是久别重逢。

踏浪而来，仰首以视

——我的新偶像观

尊敬的老师、亲爱的同学们：

大家好！

“偶像”是一个我们自幼接触的概念，在每一个年龄阶段，它被赋予了不同的含义与指向。从父母、老师到文娱明星，我的偶像观经历了从私人化到娱乐化的过程，而经过这次新冠肺炎疫情，我更期待崭新的偶像观能够从娱乐化转向社会化。

我们应当跳出平面，拒绝流水线造星。

在娱乐范围内的“偶像”概念中，包装似乎比内核更为重要。偶像们有着光鲜亮丽的外表，输出着单一平面的“人设”。有人也说，像这样的偶像，是在“贩卖一场幻想”。在这样的趋势下，偶像的内核标准一降再降。曾将女性视为生育机器、公开侮辱女性的劣迹艺人，可以高歌纪念江姐的《红梅赞》；介入他人感情的第三者也能够在选秀节目中高位出道。“粉丝”耽于幻想、偶像坐收其利，他们的存在，无疑是对公众现实生活的侵扰、是对青少年的错误引导。

社会对偶像的正常需求在“粉圈”畸形生态的挤压下愈发凸显，而这场新冠肺炎疫情，恰是实现“偶像观”转变的最佳时机。无数普通人走进公众视野，无数普通人在时代中脱颖而出。他们不再制造幻想、努力包装自己，而是在自己的人生中活出真实、实践信仰。我想，他们的存在，才是青年人的最好例证——偶像有责任的承担与社会的使命。

我们应当跳出商业，将偶像的价值重新衡量。

流水线造星的背后，是明星与“粉丝”对资本的迎合。除却浮于表面的美色消费，“粉丝”与资本似乎达成了一个共识——用钞票“造神”。一位流量明星发行一张毫无艺术价值的电子专辑，可以在平台卖出一亿张的销量。在惊天数字的背后，是“粉丝”内部的大力号召：学生应当拿出自己的生活费或使用“花呗”超前消费，“能够买一百张的就咬咬牙买三百张”。这样让人无法理解的疯狂，也不过是当代“粉圈”的灰色缩影。恰恰是明星自身缺乏价值，“粉丝”才要向资本不遗余力地创造他的价值，成为商人的“韭菜田”。这已经不止于幻想了，而是一场毒害人生的自我欺骗。

我想，被颜料涂抹的木偶是无法代表这个时代与当代青年的。偶像存在的意义，不是让“粉丝”俯首膝行、顶礼膜拜，而是以自身为引，让“粉丝”寻知自己人生的意义与价值。无论是李文亮医生与艾芬医生对科学真理的坚持，还是钟南山院士的专业尽责、无畏敢往，他们才是当今时代价值的个体诠释。以他们为偶像，不再是消耗自己的热情，而是从中获得力量、懂得责任、甘心奉献。他们的人生舞台里没有明亮的聚光，可他们是奔走于这片土地上的另一轮太阳。

我的新偶像观，是追随那些踏浪而来的凡人英雄，书写自己的人生篇章。

谢谢大家！

以雪浪之姿　澎湃一生

鹰怀凌云之志，翱于九天；竹以清正风骨，逐阳生长。那我们的人生呢？于我而言，答案总与“热爱”有关。热爱是于泥淖间仰首而生的希望，热爱是天际灼灼一匝圆光。我想，最美的人生姿态，便是怀揣着不懈的热爱，以雪浪之姿，澎湃一生。

去热爱生活，将生活揉成一部洒满阳光的诗篇。造物主有时很残忍，也许会给予我们并不如意的起始。我们便像是星星，冥冥中绕着既定的轨迹运行，这条轨迹被更多地称为“命运”。的确，我们无法自行书写命运，但我们始终能够左右自己的态度。我们能始终明亮地爱，就像是夜里的游云遮不住的星光。尼克·胡哲生来没有四肢，他几乎是命运的弃儿，可他却始终努力地学习与生活，如今他成为世界瞩目的演说家，用一生的辉煌成就向命运宣告心怀热爱者的胜利；阿云嘎先后失去父母与一路伴他成长的哥哥，只身一人来到北京，但他始终热情且温柔地面对生活，如今“背靠深渊，却长成了太阳”。罗曼·罗兰曾说过：世界上只有一种真正的英雄主义，那就是看清生活的真相后依旧热爱生活。如果命运之神不够善良温柔，那么，以积极的态度去保持内心的热爱与追求，我们终能以最美的姿态，遇见属于自己的拂晓。

去热爱理想，始终以全力奔跑之姿追逐太阳。自幼时起，我们便都拥有对未来、对人生的向往。可许多人的成长，是一步步远离自己的向往，一遍遍否定曾照亮自己童年的日光。始终热爱理想、始终追逐理想，其实是一个人对自我的珍重、对人生的珍重。郑云龙2019年因《声入人心》而声名鹊起，一时间收获无数拥趸和太多堆满金钱的商演机会。可他始终说："我是一个音乐剧演员。"为了音乐剧，他退出《歌手》节目；为了舞台，他在右脚伤到几乎无法动弹时也坚持登台。他也因此招致骂名，有人说他作秀，也有人说他不识好歹。可他从来不在意外界的声音，他只是十年如一日地坚持自己最初对理想的热爱。

什么是活着？我想，当郑云龙忍着脚伤站上舞台的那一刻，他一定听到了来自内心深处的，激烈的、雀跃的脉搏的声音。理想是少年人肩头初升的太阳。那么，始终热爱理想，始终追逐理想，便是以少年的姿态，热烈地、直白地、纯粹地活。

费尔南多·佩索阿诗句中言，"我的心略大于整个宇宙"。始终热爱，始终追逐，便始终有明亮的未来。以此人生姿态而活，于我而言，便是"我澎湃过完一生的最好方式"。

立于时代的浪尖

人们常感慨白驹过隙，时光易老。殊不知，岁月长河里流淌的不只是生命，还有始终奔流不息的发展，以及无数意味着“超越”的新生。在这样一程属于人类的、始终不止的旅程中，没有人能够偏安一隅。若不立于时代浪尖，便终将被你所看不到的对手终结。

放眼于世界，我们的对手始终是时间。时间意味着趋势，意味着不由分说的人类命运，意味着“永远不变的只有变化”。中兴因核心芯片外包而落败于科技市场；马云凭超凡眼界抓住机会，领跑时代并建起“商业帝国”。无数先例分明地阐释着同一个道理：我们的对手，是趋势和时间。世界是不断发展的，这也是自然规律造就的必然。与其说是与看不见的对手针锋相对，倒不如说是对趋势拥有精准的预判。看得清未来的人，才拥有赢得未来的可能性。

创新是时代开拓者手中最锋利的兵器。费尔南多·佩索阿曾言，我的心略大于整个宇宙。做趋势的抗击人，要敢于在未知的领域开疆拓土。如果说时间是人类历史所有伟大已知的总和，那么你所开辟的未知，便可大于时间。莱特兄弟用一尾机翼，将天空收作人类的领土；麦哲伦船队完成的环球航行，他们更早地拥抱世界。战胜趋势的唯一方式，是以创新开拓未知，让自己也成为新时代的趋势。

倘若不想被时代打败，那便旗帜鲜明地自成一派。世界是日日更新的大花园，那我们便是其中最生动的春色。迪士尼曾经也在时代洪流前露怯：其始终如一的画风与无多变化的剧情逐渐在科技发展带来的动画产业兴盛下失去优势。此时，华人画师黄齐耀巧妙地将东方的水墨元素融进《小鹿斑比》之中，并大获成功，迪士尼也借此巩固了其在动画界无可动摇的地位。

独特的自我永远是珍贵的。于企业而言，其是始终保留自己的竞争优势，能让自己跟上时代的脚步。于个人而言，其是始终保留自己的棱角，不去套那个被今人刻好的模。不迎合趋势，而是将自己的独特融进时代发展之中，让自己独特的艺术生命，成为这个时代的新生。

王尔德说，“我们都生活在阴沟里，但依然有人仰望星空”。可我们同样不能只做仰望者。立于时代的浪尖，迎接趋势的挑战，我们也应成为人类群星里战胜时间而亘古永存的那一抹被仰望的亮色。

长夜未尽　我为炬火

相信《双城记》中的句子大多数人都读过："这是最好的时代，也是最坏的时代。"可很少有人发问：何谓"好"，何谓"坏"？为何"好"，又为何"坏"？于我而言，这些面向众生的疑问，答案却全在于自我。正如鲁迅所言，"此后如竟没有炬火，我便是唯一的光"。

纵观人类历史，每一个熙攘的时代中，都暗生着疮痍与裂隙。可人并不是无动于衷的漠然生物，总有人执起时代的墨笔，用一生来书就民族的命运。在古代中国的王朝更迭中，"先天下之忧而忧，后天下之乐而乐"便是深衣广袖的士大夫们人格写照；在两百年前的大洋彼岸，是青年们举起钢枪、筑起街垒的信念支撑；在近代中华民族危亡之际，"为中华之崛起而读书"成为中国少年逐渐凝成的自我。我始终相信英雄之于人类的意义，不在个人成就之卓著，而在于民族性格、时代精神的传承。成为"我"实为易事，但让"我"立于浩瀚天地之间，寻找时空轴线中自我的坐标，方能将自我与时代相关联。

若要让自我成为时代的答案，我们应首先思考个人与群体的关系。最简单地说，群体由个人构成，它是因不同个体间共性的吸引而形成的聚合，或为血缘、或为利益、或为家国，而群体最终又需要依靠个体的多样性来表现与发展，同命运、共荣辱。正是这样深厚的羁绊，使个体与群体之间形成了一种必要的牵连——责任。个体对群体的责任，即是自我之于世界的责任。

当然，在数以亿计的庞大人口面前，渺小的自我似乎总难以撼动其分毫，而许多人也是在这样的怀疑中走向确信——我对于集体已无大用。其实在我心目中，最要紧的不是人们是否还相信英雄，而是人们是否还相信自己可以成为英雄。正如前文所述，英雄的意义不在成就，而在传承。这也正是在群体中自我责任的实现形式。让泪水承继泪水、热血沸腾热血，让绵延于民族血脉中的精神力量得以在崭新的时代中传承发展，让前人鲜血沃灌的芳草地再发薪木。言已至此，我们可以得出一个最终的结论：所谓时代中的自我，是经由每一个个体传承并丰满的集体人格。于乱世中，我为战士；于盛世中，我为儒者；在崭新的时代中，我是身披红旗的建设者。

若黎明将至，我是霞光中的一缕，以光热告慰山河大地；若长夜未尽，我便将火炬高举，照亮身后人迹罕至的路途。

这个世界终将走入光明，在于我，更在于千千万万个我。

住进自己的影子

浩浩汤汤几千年，无数人为孤独下过自己的注解，但无论如何分说，都无法回避一种自我内在的矛盾：社会身份与理想追求之间的距离，想远离世俗却渴求知音。在我看来，人的孤独就像住进自己的影子，我们有时依赖其避躲现实的洪流，有时又渴望挣脱，另寻天高海阔。从这个角度说，孤独是一种选择。

人在面对外界时，孤独的生命状态往往处于自觉，是面对熙攘人群时的回身远行。我们说屈原是孤独的，是在于其爱国志愿难偿，不为楚王所倚重，美政理想只能在诗文中现其芬芳；我们说陶渊明是孤独的，是在于其毅然抛舍世俗，结庐舍于远人境处，只得南山篱菊相伴。由此可见，无论是自困还是自得，孤独的人总是显出几分与世俗格格不入的异质，以至于不为时人所理解。

可并非每一个自感孤独的人都能成为屈原或陶渊明。孤独是一种发于自觉的选择，可孤独之中生命价值的表现与留存却需要另寻媒介。这份媒介并不在于个人能力如何，而只在于心志——当你选择孤独，形影相吊，是深嫌渺小、自怨自弃，还是坚守理想、曲径通幽？人如果选择只同自己的影子相处，那不该是无可奈何的，而是当理想与现实相悖时，选择了不迎合。毕竟，孤独的坚守自有其意义：哪怕只亮起零星微弱的灯盏，向同伴递去丝缕光明也需要跨越远超生命长度的亿万光年，这些光亮的纵横聚合，足以照亮人类文明的夜空。

如果说面对外界的孤独是将理想推向亘古，漫漫岁月长河总能再觅知音，那么面对自我的孤独则更难获解脱，此时的影子已不再是心灵的寓所，而是人格的牢笼。

沃尔夫冈·莫扎特的短暂一生都在与自我缠斗。他年幼便身负神童之名，是父亲纵横名利场的法宝，而长大后一度陷入低谷，在巴黎求职受挫后，又凭借《费加罗的婚礼》等剧作重回世人视野。可于他而言，世人爱着四岁时蒙上双眼弹琴的他，还是二十四岁时为主教谱曲的他都无所谓，他像许多普通的青年那样喜美色、好赌博，有着闯荡世界的意气，也有搞砸一切的鲁莽。他厌倦其音乐禀赋上附着的名利和期许。他害怕繁华殆尽后无人再爱他遍布杂质的灵魂。他渴望挣脱这一切，却也不愿失去那造就自己影子的阳光。

这是莫扎特的孤独，但我想，我仍可以避免他的痛苦。与其对峙，不如和解，既已不畏世人言语，又何惧妄加的功名或责难？因为人本身的珍贵，保持独有的性灵、接受完整的自我是比坚守光年外的理想更为动人的孤独。

面对孤独，是面对理想与现实的落差，也是人格生长中的求索。住进自己的影子，是为自己现浮于天地的灵魂，寻求一处存留温热的圆满。

明月来相照

亲爱的学弟学妹：

你们好。

谈及中国古代的诗文，我会首先想到月亮。于诗人而言，月是密友、是内心写照、是造物之恩赐，也是心之所向。有诗云“深林人不知，明月来相照”，也有许多诗文，行列间未提“月”字，可我想，每一抹墨痕都藏着月光。诗人将其对人生之态度，匿于千古如一的月色之中。

月，超脱于尘俗浊流，独守心之清幽。

没人说得清陶渊明笔下的桃花源存在与否，可又有谁人不向往，抵达桃林深处，再不被世事打扰？桃花源不是志怪传说，它是东方的乌托邦、微型的理想国、华夏儿女心中的瓦尔登湖。

我说桃花源，并非向你描摹避世之必要。“世界与我们息息相关”，我们是世俗中人。我想告诉你，要不只做世俗中人。苏格拉底说，“关心你的灵魂”。深陷泥淖，也仍要自内心深处挣出一派高洁。别忘了，陶渊明之避世，是因“不为五斗米折腰”。人生之路于我们而言是才启程的征途，记得握好手中的剑，去护好心中如初的皎洁与芬芳。你要赶路，但别忘记不时抬头看看月亮。

月是夜里海面波澜万丈时，浪尖的一轮圆光。

“行路难，行路难。多歧路，今安在?”我要告诉你，现实从来不是玫瑰的温床，我也更想让你知道，只要心中有方向，那么行路虽不易，歧路亦是路。

李白颠沛半生，却始终热爱月亮。我想，于他而言，月不仅是美好的意象，也是始终不染尘俗而皎洁的理想。曾听说，人生是个螺旋式上升的过程，你历尽跌宕，以为自己又回到原地，殊不知，其实你已到达天际。羽生结弦在冰场不知挨过多少个不见天日的昼夜，终在世界的赛场称王；史铁生值盛年时因病致双腿瘫痪，于绝望时执笔书写希望，为自己并不幸运的一生书就辉煌篇章。他们的人生并不时时有光，可循着如月的理想走，他们都寻得属于自己的拂晓，看到光之来处。

李白说，“乘风破浪会有时，直挂云帆济沧海”。披着月光出发，向着理想启程。我不祝你一帆风顺，但我愿你乘风破浪。

安徒生讲过，“仅仅活着是不够的”。诗人告诉你，活着要向往月亮。护心中的纯粹皎洁，一路乘风破浪，摘星揽月。结尾，我想引一句诗赠你也赠自己：愿桥都坚固，隧道都光明。愿你从诗文中汲取力量，愿你心底始终有流淌的月光。我向你说诗与月，我也在讲理想。

你们的学姐

看见一道藩篱

无论立于时间还是空间的维度，人都显得渺小。于是，寻找一处永不可及的宽阔对于个体生命而言并非一件难事。可于我而言，生命中可贵的不仅在于向往无限，“我即使被关在果壳中，仍自以为是无限宇宙之王”，也在于心存高远时，仍然能够看见一道藩篱。

藩篱有时是人欲的边界。

别里科夫将自己装进套子里，在任何新鲜事物面前惶恐如惊弓之鸟，却麻木于极端高压的统治。此处的藩篱于他，是包裹住他的套子，是严苛而冰冷的制度。可制度明明已走向衰亡——像是庄园外低矮陈腐的木栅栏，连孩童都可轻易翻越——却在此时放大恐惧、围困人性。此处的藩篱，只是别里科夫内心不敢逾越的懦弱。他重复着度过心惊胆战的每一日，在精神世界为统治者所畜养。

而庄子在有限的人生中呼唤恒久的自由。在《逍遥游》中，鲲鹏“去以六月息”，列子“虽免乎行，犹有所待”。庄子似乎在讲自由，又似乎在说世上没有真正的自由。对自由的向往是一种欲望，而围于此界的藩篱，则是万物“所待”。它既是凭靠也是局限，是人们潜意识中的安全区域。也许已有足够多的人敢于走出安全区域，可没人能够真正抛却安全区域。这世上大多数人安于现状，却向往远大。虽然对大多数人而言，人生终不可“无所待”，却能往未知求索，存鸿鹄之志，“勇踏前人未至之境”。哪怕穷其一生也难生一双羽翼，心却能“略大于整个宇宙”。

藩篱有时是都市的边界。

边城在我心里，像是都市与荒郊的分界，是发展到人心难控的城市向无杂质的茂盛与纯粹的过渡，都市人心沸腾的喧嚣落地处，也生长起了一派天然的热烈与善良。翠翠生长在这样一座城中，天真活泼，“俨然一只小兽物”。她的爱生得果断，也在未脱青稚的心野反复萦回。《边城》鲜少描摹旷远的境界，反而只是呼唤一种纯真天性的回归。

在此处，藩篱是横亘在记忆中的某某旧日，是沈从文难忘却的湘西小城，是成年人曾遗失又试着寻回的童真乐土。藩篱是一座边城。

藩篱有时是生命的边界。

《滕王阁序》是王勃几乎难以被超越的作品，可王勃本人却逝去得极早。在这里，我不想谈盛世，也无意于作品本身，我只是想到了不同尺度下的生命边界，以及何谓生命的真正终止。

王勃的生命的确短暂，可寿元有尽而白驹不息，他的文才似奔徙于宇宙的星光，将生命里最艳丽的刹那遥递千年。星子已死，他的光华却为岁月那端的某日铺设了一幕璀璨的夜。我想，生命真正终止于灵魂灯盏中光芒的熄灭。我们扼腕于王勃在短促的灿烂后永恒的沉默，但我们仍可遥望千年前的落霞孤鹜、秋水长天。他将永远鲜活于那场盛大的黄昏。

我们也应当丰盛地生活——要始终抱持不竭的热望，去更遥远的地方，望更高阔的天空。倘若安于藩篱之内，那便尽力制造一园春天。

文化之美，生动鲜活

尊敬的老师们、亲爱的同学们：

大家好！

如今，“传统文化”一词在我们的生活中日益频繁地出现，大到习近平总书记所倡导的“文化自信”，小到网络上发言时提及的“国风”二字，传统文化的光芒纵越千年、横覆万里，在崭新的时代下，又一场盛大的黎明来临。

传统文化日益渗透进了年轻人的生活。

近年来，在日常生活中身着汉服的年轻人越来越多：长襟宽袖，裙褶迭次翻飞。大多数人从一眼惊艳到深入钻研，中华传统文化也借此渐入人心。形制、纹样、色彩……年轻人从对传统服饰的热爱一步步走向对历史与文化的关怀。如今的传统文化像汉服上的斑斓色彩，茂盛生长，百花齐放。

在宣传传统文化的舞台上，我们也越来越多地见到属于年轻人的齿牙春色。武艺姝以其丰厚的诗词积累斩获“中国诗词大会”冠军时，以落落大方的姿态，向世人展示何谓“腹有诗书气自华”；李子柒身居村野，花一年时间用传统绣法为自己置一件新衣，拍成视频上传网络，在现代生活中写就田园牧歌，一针一线间皆有千年岁月流淌。中华传统文化之美，是千年前的回眸，亦是如今的昂然春色。

可中华传统文化不能只与个人的热爱挂钩，它更应与时代相关联。与其说是当年轻遇上中华传统文化，不如说是中华传统文化遇上新时代。

我们应当明确：中华传统文化之于当下，不是回归，而是重逢。传承传统文化不是崇古礼、循古制，而是将古人造下的琉璃灯盏，于今时重新点亮。我们无须去改变生活方式，只需让传统文化适应如今的生活，在新的土壤中继续生长。

我们应该让发现传统文化之美成为一种习惯。它是友人故去时“我寄人间雪满头”的情感表达，它是“田园将芜胡不归”的隐逸志趣，它是躬身而为、经世致用的社会责任感，它是仰首思远的月亮情结。中华传统文化不只是具体的一书一画，而是漫步人生之途时忽而负手而立的浪漫思绪。正如被命名为“嫦娥”的飞行器，被命名为“鸿雁”的低轨卫星，中华传统文化应成为一种情怀、一种思维方式。我们有深镌于骨血中的悲悯与豪迈。

中华传统文化之美当是生动而鲜活的，让我以一句话为今天的演讲做结：

“我们多年轻，上下五千年。”

谢谢大家！

走过长夜

王尔德曾言："我们都生活在阴沟里，但依然有人仰望星空"。的确，我们有太多种选择去度过这一场人生，可以安于方寸穹宇，可以平庸却自命不凡地沾沾自喜。将"长夜"作为人生路之必要前提的人，是基于对自己未来与人生热烈的向往。因为不愿囿于一隅，因为不甘于平凡，所以在黑暗里冲撞。

我们皆有一片星空值得仰望，那么，就让我们英勇地踏上黑暗的旅途，做一束长明的火光，始终向往、始终滚烫、始终冲撞。

我们于长夜里跋涉的路途，皆是人生的勋章。怯懦不前者的生命里只剩下生命，像是被封于玻璃瓶罐中的苍蝇，世界之大、之斑斓，与他无关；而走向黑夜的人，是艰难地一步步丈量自己生命的厚度，当他们抵至终点时，会迎来一场盛大的加冕礼，他们的人生将被赋予明亮而深刻的意义。

别畏惧黝暗与狭窄，请迈出去。只有启程，才有可能抵达遥远的尽头。人生之路从来没有自始而终的坦途，云开见日前，必是一条迤逦幽长的小路。司马迁狱中著《史记》，卧草席而饮茶凉，阴暗潮湿里只有油灯的几寸残光，可他仍执起笔，于狱中书就史家绝唱之辉煌；羽生结弦身患哮喘，平凡而健康已是难事，可他凭着一腔热血与向往，挺着单薄却刚硬的脊梁，于冰场披靡，最终站上奥运会的领奖台，成为花样滑冰运动里的王者。正如羽生结弦所言："纵有许多艰难的事，可总会走到黎明。"命运往往也没有那么公平，它只愿意为那些敢于在长夜的小路上踽踽独行的人披上拂晓时灿烂的天光。

我们要用尽全力风雨兼程，我们要做自己的阳光。古往今来，有多少人会于人生小路的拐角处彷徨？想必数不胜数。有太多人只有沸腾的梦想，却迷茫不知方向。史铁生瘫痪之初，曾陷入无边界的迷茫，他不安过、暴怒过、绝望过，可最终，他决定，倘若头顶注定黑暗，那他便去做自己的阳光。他拾起笔，于文字中求索人生，以苦难书就华丽的篇章。没有人生而向往黑暗与迷茫处的漫长道路，可这是抵达梦想彼岸的必经之路。那么，便让我们无畏地发光，于黑暗中启程，做自己的太阳，将前路照亮。

行到水穷处，坐看云起时。走过长夜的前提是即刻于眼前的小路启程。正如木心那句："所谓深渊，下去，也是前程万里"。无畏而英勇地出发吧，踏上小路，去那个坦荡的远方。

我们如何走向白昼

——军运会开幕式观后感

在刚刚听说武汉即将举办军运会的消息时，我并没有将之视作需要郑重对待的大事。世界军人为何要齐聚于一地，在体育领域一决胜负？我是怀抱着这样的不解观看开幕式的。直到我看到一句话：我们希望军人能在赛场上相见，而不是在战场上。

我忽然很感动。之前我从未思及这样的意旨：当人们能够将自己对祖国热烈的感情付诸体育竞技而非救亡图存之时，便是和平已至。而世界军人运动会是军事与体育并举的盛会，那就不仅是“和平已至”了，而是对“国力渐盛”最为直白坦率的表达。人在挣扎于存亡之际时，只能拼尽全力去捍卫自己的尊严；当保全了起码的温饱与体面之后，人才能进一步想到荣耀。这个道理于一国而言亦如是。

从这个层面来讲，军运会的“和平”，是世界范围的止戈，亦是中华之崛起的直观写照。中国人的光荣，除却在战场上皮开肉绽也不惧不悔的英勇，应当还有一路所向披靡，向山巅不断登攀的骄傲。

曾经我们山河破碎，盼望着和平的远道而来。其实和平从未离开，它在这片深沃的土地上生长，已逾千年。

我也间或想到了我们屈辱的历史：百年前我们的先辈也曾见过他国的军人，先辈们凭着简陋的兵器甚至以自己的身躯与他们交战，是要让彼时衰残的中国存续下去。这也显出了此时——各国军人齐列一堂——是厚重而珍贵的：我们会忆起苦难的曾经，也会梦想此间之永恒。我们与世界军人相遇，我们洗去满身的鲜血与硝烟在此处重逢；先辈们曾用鲜血书就民族的未来，而我们不远万里，来赴这场百年之约。

开幕式上的表演同样令人震撼——自远古及今，一幅画卷徐徐铺开，千年岁月有声有色，好像触手可及。

我印象最为深刻的是在长城影影绰绰的轮廓中，好多人齐声喊出的那句“天下为公”。千年前在案前俯首的儒生，百年前以身护河山的兵士，这掷地有声的呐喊，你们听见了吗？关于你们或付于笔端，或诉诸天地的字句，时间在彼岸遥遥相和：你们耗去一生，用文思与血肉筑起的城墙，与亿万万华夏儿女一道，捍卫了你们的国土与梦想。

千年日夜更替、四季交叠，在今夜被娓娓道来，好像只是我们一同跋涉许久，渐入一场明媚的清晨。千年求索和平之路，似一场漫长的日出。

我们如何走向白昼？

是黑夜里有太多人，燃起了盏盏心灯；是人类对和平的共有渴望，织就了如缕天光。

（注：本文发表于《帅作文》）

以思以志，且歌且行

人生是一场漫长的旅途，我们行于世路，不应该漫无目的。观念与想法诞生于己心，既是我们对世界的判断与认知，也是纵贯于人生的准则与方向。我始终相信，观念引导人生，思考影响生活。

思由心生，是为我们人生的起点。

苏格拉底曾言，“认识你自己”。人的生存始于对未知的探索，而人的智慧则源于对自身的判断与思考，然后由己及人、由己及世。不同的人在迥异想法的指导下，往往拥有截然不同的人生。同为先秦时代的思想家，孔孟以儒家的社会责任感与历史使命感为旨，心怀天下、志济天下，因而游于各国、立门讲学，以自身的积极入世践行“治国平天下”；老庄秉道家无为而治、齐物逍遥之念，清净超然、安闲避世，探索宇宙万物之源，追求不受束缚的自由。

想法无关对错，只是指向不同方向的路标。我们怀抱着不同的想法踏上人生之途，一路践行，一路思索，想法在此过程中步步丰满，在人类历史中展现出不朽的光辉，而我们的人生也能够过得淋漓尽致。

志随意起，是我们追求的方向。

志向是你触碰世界后，心界与现实擦出的火花。《哈姆雷特》中有句台词，“我即使被关在果壳中，仍自以为是无限宇宙之王”。志向起于想法又高于想法。如果说想法是外物于己心中的摹写与再创造，那么“志向”便是认知外界后渴望改变、超越，以至征服外界的愿望。想法是人的智慧光芒，志向则是人的精神力量。

堂·吉诃德以骑士精神为志游侠四方，遍体鳞伤也矢志不渝，旁人觉得他可笑可悲，而梦想告诉他执剑无悔；《月亮与六便士》中的主人公因画家梦放弃优渥的薪资与安稳的生活，颠沛流离也乐在其中，他不会在乎死后人们对他的赞誉，他人生的意义在于“从满地的六便士中，抬头望见了月亮”。人人都渴望黎明，与其等待未知的命运，不如在寂夜里点亮一盏名为“志向”的灯，从此前路被照亮，以此拥抱属于自己的太阳。

费尔南多·佩索阿的诗句中说，“我的心略大于整个宇宙”。想法不是我们为自己框下的规则，而是在世俗的规则中向往无限的方式。想法与观念是生活的先导，是旅人手中举起的火把，指引着我们未来的方向。

让我们以思以志，于人生路途上且歌且行。

体育与审美

何谓体育？是汗水挥洒，是强健体魄，是大多数人成长路上必修的一堂课，是运动健儿奋斗一生的事业。在我看来，体育是一场考验，一种精神，同时也是一种审美。

体育，使我们深掘自身人格之美。

在人类的历史中，先辈们一次次使人们解放自己的身体。工具的发明让我们自己要花的力气越来越少。以这个角度看，懒惰是不用加以批判的人之天性。可人之为人，恰恰在于违背本能。体育是漫长的苦旅，然而逆境中往往能格外凸显人格的可贵。

羽生结弦便是于花样滑冰一途，跌跌撞撞地写就了自己的传奇。他从小患哮喘，无尘的、剔透的冰场是他对世界认知的起始，也是他半生的战场。冰上的后外点冰四周跳，一次次地翻飞旋转，是以超越人体极限的方式展现人体的流动之美。而形之美的背后，是他不屈的人格。挨过一次次的失败与冷眼，在试滑意外受伤以致头破血流之时，他摔倒又爬起，笑着完成了他在冰上的舞蹈。他曾说："纵然有许多艰难的事，但新一日的拂晓终会到来。"

对于个人而言，体育是苦难与灿烂的聚合，体育也能够成为我们每个人生命里的云霞，使我们得见人格之美，得见生命的灿烂与伟大。

体育，让我们亲见泱泱大国之美。

中国的乒乓球向来是国人的骄傲。自历代"大魔王"，至如今的马龙、张继科等，健康、敢往与荣耀，像奥运赛场上的五星红旗，在每个中国人心中冉冉升起。国家的强盛与否是一个太庞大的概念，从那些中国运动员为之挥洒汗水的体育项目中，我们得以窥见一场盛世。

这是对人最好的美感教育。女排精神、乒乓精神，诠释了国人对卓越的追求、对荣耀的向往。而这样的追求与向往，正是对生活本身的超越。另外，嵌于现代体育的奥运精神、竞技精神，则展现了各国间“美美与共”的宽和与大美。从体育中，我们能够摆脱审美上的狭隘。

体育深刻地影响着我们的审美，改变着我们认知世界的方式。体育教会我们积极进取与百折不挠，让我们始终向往、始终热爱。

体育让我们在平凡的一生里，不平庸地活着。

才美应外现　识美需明辨

关于识才用才，古往今来有其争论。韩愈在《马说》中嗟叹伯乐之稀有，我认为，在当下，个体才华的价值需要积极主动地表达，而社会亦需看到状似平凡的个体身上独特的个性价值。

徐悲鸿以纸马换真马、海子以诗换酒，这既是二者对自身才华的自信所在，也存了几分知己难寻的寂寞。可实际上，徐悲鸿画马早已获得市场明码标价的直白认可，海子的诗也已经广为流传，这同样说明了个体价值被认可的无限可能。

于己，精心耕耘、把握机遇，终待一日可凌云。

毫无疑问，拥有才华是展现才华的最大前提。对于大多数普通人而言，我们无法成为徐悲鸿，也难以拥有海子的诗才。但我们都有机会，也有能力提升自己的技能修养，基于社会的需要不断奋斗成长，哪怕路途上暂且人迹罕至，也可自栽花树，待清风自来，“面朝大海，春暖花开”。

同时，我们又幸运地生在一个不辜负个体的时代。自“柜哥”转型为头部主播的李佳琦、为世界所瞩目的故宫文物修复师、因坚守考古梦想而被网友盛赞的钟芳蓉……信息通达、碎片闪烁，个体价值得到无限张扬。平台的存在，让我们一步步告别孤芳自赏，不止于邻里，不止于街坊，偌大一个世界，皆有我们寻求共鸣的对象。因此，我们更应积极主动地把握时代给予的机遇，给自己那一掌碎片，盛一捧灿烂的光。

于人，开阔胸襟、给予尊重，不使明珠终蒙尘。

伟大生于平凡，英雄脱胎俗骨，在崭新的时代下，我们更应看到普通人的价值。试想，倘若那位马贩与餐馆老板不在起初心怀轻视、轻蔑以待，而是郑重相对、仔细求证，那么这一偶然的际遇，同样能成为他们自己人生中的机遇。

而回观当下，虽无海子与徐悲鸿，但我们拥有千千万万平凡而伟大的个体，似涓滴、如沙砾，也终奔流成巨浪、聚沙筑高塔。

也许是白衣执甲，在喧沸的人群中无畏地向疫区逆行；也许是边境戍守，用清澈的爱烧烫心中年轻的热血；也许是半生敦煌，任凭经年的风沙吹皱自己的面庞。或平凡、或老迈、或落拓，或许他们正与你我擦肩而过，我们理应看见并守护这些平凡的伟大。毕竟，正是每一粒微光的围绕，我们才得以身处于一个伟大的聚合。

才美理应外现，识美更需明辨，让每一次英勇不错付、每一份才华被彰显，我们都能在如今的时代里乘风破浪、逐光擎云。

一叶知秋

武汉的秋天是极短暂的，它瑟缩地夹在夏与冬中间，怯生生地，只悄悄露个脸，就又把舞台拱手奉送给凛冽的冬。

也因此，秋的美，便成了不多的有心人一年一度隐而不宣的欢喜。

位于祖国版图中部的武汉，它的秋天，既不似北地那般粗犷而壮烈，又失了南方和煦的温软。它好像是不为人所重视的，武汉人穿过衬衣便张罗着买棉袄，可秋天从不被世俗所打扰，只安静地在迎面走来的寒冷里烈烈燃烧。

我是喜欢着秋的。夏季刚过，我便开始留心，昭示着这个始终裹着哀愁，又始终红得热烈的季节到来的痕迹。一日黄昏，我惊喜地拾到了一片落叶。

这大抵是个渴望自由的孩子。它已有了象征着秋日的金黄，可本连着树枝的部位，却仍透着些许稚嫩的青。我喜欢这份青色，往往我们所见的皆是已被染红的叶子——美丽，却也千篇一律。可这片叶的青，造就了它的独特。我会不自觉想起梵高那句“每个人的心里都有一团火，路过的人只看到烟。”至于秋叶，大多都别无二致地燃烧起火焰，那一抹稚嫩的青，却将生命定格，奋不顾身地投身于火焰，投身于天空，投身于自由。如焰的红赋予其美丽，可只有生命短促却盛大绽放的刹那，铸就了珍贵。

我轻抚这第一片落叶，它干枯，像几十年前留下的泛黄的信件，边缘微微翻卷着，或许是在时光里奔走太久，裤脚翻起的毛边。它有些生涩的凹凸不平，沿着它曾汲取养分的脉络，延伸至边缘，延伸至边缘以外。它仍带着些来自陆地的尘土。这是个有风的季节，我也会忍不住去想，想它来到这里之前，到过多少地方，见过多少个不同的秋天。

武汉的秋是引人遐思的。它并没有惹眼的艳丽或浓烈的愁绪。它是因你渴望美丽而美丽的，在你匆忙的人生里占据几个清冷的片刻，供你立于闲散的阳光与如火的落叶中回望，发现岁月带着平淡的欢喜悄然走近，“浮云白日，山川庄严温柔”。难怪秋天向来承载着最动人的离愁。

我心中顿时也翻腾起芜杂的、汹涌的情感，可话至嘴边，我却轻轻放下那片落叶，只道：天凉好个秋。

校园的冬天

这儿的冬天是很难有雪的。只有乍来的寒意、凛冽的风和格外浓稠的朝雾暮霭。行人把自己裹在臃肿的冬装里，看不清神色，只有匆匆的脚步和远去时萧索的背影。我不喜欢这样孤寂的季节。

校园的冬天到了，没有下雪虽是预料之中，可石阶墙脚早已凝上了层凄白的霜。在雾里朦胧的昏沉中，在暮色渐氲的沉寂中，一排排树皆显得垂头丧气。我疲惫地朝校门外走去，只觉得自己确乎身处于冬天。

我身处于校园的冬天，也身处于自己的冬天。繁重的课业，竞争激烈的环境，学而不得法的愁闷，麻木而疲惫的日复一日……我的低沉并不是锥心刺骨的、猛烈的哀恸，只不过像校园中懊丧的树那般，失了应有的蓬勃与生气。

我盲目地朝前拖着脚步，忽然，一抹生动的绿系住了我的视线。教学楼绛红的砖墙边，生着一株惹眼的幼芽，在寒风毫不留情的推搡下，脆生生地、颤巍巍地立在那里。这实在是令人惊奇的一幕：刺骨的冬天的校园里，竟有一抹新绿破土而出。

我快步走过去细看这惊奇。这实在是一例很突兀的鲜活。在周遭万籁俱寂的垂败里，它却已经雀跃地走进了春天。我能想象到它生命的历程：怀抱着追逐春天的使命在黑暗里苏醒，努力地汲取干燥的阴天里并不多的阳光与水分，咬着牙破开被冻住的、格外坚硬的泥土，在寒风里始终昂首，始终热烈地渴望……

想到这里，我念及一个问题：这例鲜活，突兀吗？此刻我的回答是，不突兀。的确，人生的羁旅中，我们会经过许多个冬天，被剥夺温暖，被剥夺明亮。可我们也始终拥有一些权利，去追逐春、去追逐光、去追逐梦想的权利。我们可以在寒冷里始终温热，我们可以在贫瘠的季节里蓬勃地生活着，我们可以在心中修筑一座常春的花园。

生活是艰辛的，我们会走进冬天。可如何面对寒冬，却由我们选择。是做一截被沉重负累压垮的枯木，还是做一株迎接春天的新芽？答案可想而知。

校园里仍是冬天，寒风凛冽。可我的心在雀跃地、激烈地跳动着。我知道，我在努力地生长，向往着春天，向往着明天，向往着不算遥远的光明的未来。

我会在校园的冬天里鲜活地生长，始终昂首，始终热烈地渴望。

一米阳光

我喜欢阳光。我喜欢温煦，我喜欢明朗，我喜欢扑到被晒过的被子上，将自己埋进属于太阳的温热的芬芳。于是，我厌恶阴雨天，将人间笼在一层阴冷的朦胧里，雨点击在屋檐上清脆的声音，成为令人烦闷的噪声和鼓点。

又是一个阴雨天，我走在归家的路上。大团的乌云挤在天边，将世界蒙在一片死寂里。平日街边的鼎沸人声早已不见，空有雨声在耳边喧嚣。

不知怎的，我想起了那几株生在街角的花。她们大约同我一般热爱阳光。在阳光下，她们缀着露珠的花瓣丰润剔透，是这条街上一抹生动的亮色。此时的她们呢？这些脆弱而美丽的生命，大抵已在阴冷与压抑中归于消亡了吧。我为之惋惜，心底却也没几分真切的动容：我也失去了阳光，又哪里分得出心神去关切几株花的死活呢？

路过街角，我并未与我所预料的垂败相遇。一把纸做的小伞，倚在墙角，为那些美丽又脆弱的生命挡住了大半风雨。这般景象使我停下脚步，细细地查看这份雨天里温暖的惊奇。

伞应当是来自一个孩子的翻糖蛋糕或是玩具，纸糊成的，如今已湿了大半。我将它拾起，放在手中观察。木制伞柄、纸制伞衣，这都很普通。可当我将伞翻转过来，着实讶异了：伞布朝向花的那边，画着一轮橙色的太阳，这显然是匆忙而为，快没墨的水笔深浅不一地描出了太阳的边，又添上几根交错在一起的线。太阳的中间，有一张已在雨水中晕开的笑脸。

我的心忽然落到了一个温暖又柔软的地方。这像是一个孩子的手笔，是一颗青涩稚拙却又纯真热烈的真心。这该是一个多么明媚而又温暖的人，在这样一个没有阳光的雨天里，情愿不辞辛劳地向角落递送一份明亮的善意。

没有阳光？我不经意间抬起头，遥远的天际仍是密密的云，可也是有阳光的。阳光在乌云背后不甘示弱地照耀着，一点点光沿着乌云的边描出一圈金色的痕迹。有太多人碌碌地生活，像我一般痛恨阴雨，却将自己囿于阴雨。可也总有人，时时皆可望见阳光，还把自己汲取的那一团明媚，分给花，分给世界。

当我们咒骂阴沉，向往晴朗之时，别做一个消极的懊丧者。我们应当在心里安放好同纯粹与热爱一起存在的一米阳光。

找寻自己

自入学已有近两个月，也逐渐适应了高中的学习生活。目前而言，我最大的困扰在于迷茫。

我并不善于理科的学习，自初中起便已经决定要学习政史，因而如今着实在心头积压着九门课的学习压力。迫切却始终收不到回音，仿佛行于伸手也难见五指的黑夜。我背着足以将背压到弯折的行囊赶路，艰难到抬不起头看路。纵使仰首或环顾，也是雾霭裹着四面八方，望不见远方，也望不见梦想。

我有些迷茫于如今的处境。初进高中因不够适应，理科的几门课在前两周没有听得真切，时至今日发现已有些内容跟不上了。从初中到高中的落差感让我有些仓皇和迷茫。可迷茫是没有用的，造化不会因为你的不快而对你施以同情，我能做的只有努力。努力去补足之前造成的差距，努力去吸收新的知识。纵然迷茫，我也要告诉自己，即使有那么多艰难的事，可拂晓终会来临。起码，要对得起自己的梦想与初心。

这周偶然读到了聂鲁达的一句诗，“你不像任何人，因为我爱你。”我忽然找到了疗愈这种迷茫、痛苦的良药了。我们每个人都被爱与温暖包围着，我们都沐浴着阳光，都足够独特。何必迷茫呢？迷茫对事情的解决毫无裨益，你失去的只有身为少年人应当有的风发意气。没有谁生活在这个世界上，会像一座孤岛。我们都是拥有爱的幸运儿，我们理应去珍视这份幸运，去发掘生活中尚存的美好。你不像任何人，你是很独特的星星，因为你拥有很多份关怀，很多的爱。

我想我不会再有迷茫感了，纵使日子仍然艰辛。没有谁的生活是轻松且全然如意的，快乐与否取决于你对待生活的态度。坚信生活拥有许多美好，也坚信只要努力，你也值得这么多的美好，并坚定地走向拂晓。

纵然黑夜尚未过去，但仍有柳梢的月，眼角的星。

让白鸽继续飞行

尊敬的老师、亲爱的同学们：

大家好！

回望汉字的造字历程，有一个字常常会引起后人的关注，那便是象征战争的“武”。止戈为“武”，为了结束战争而拾起武器，这曾是贯穿于人类文明演进历史的无奈、血泪与悲壮。而在崭新的时代下，我们不应当继续以战止战。让我们以橄榄枝的交换取代枪炮的对峙，以白鸽的飞行替代战旗的飘扬，共同祈愿世界和平，也共同捍卫世界和平。

“和平”的愿景之所以在新时代的地平线上冉冉升起，如东升旭日般灿烂灼目，是在于人性之纯善的觉醒。

我们必须承认，伴随着人类文明高度发展、物质生活充分自给，战争便更多地发端于欲望，或者说贪婪。这些非正义的战争给太多人的生活带来了灾难，几乎每一场战争都带来了惨烈的结果，但人性是遍经摧折也不可改变的存在，像断壁残垣中满地的碎玻璃，每一处棱角都盛满了斑斓的日光。

蔓延几个世纪的战争摧毁了太多美好，却也进一步印证了一个道理——有一些本真的美好，是不可摧毁的。而我们要做的，便是以信念捍卫美好，用团结维护和平。

谈到这里，我们应当把目光回落于中国。习近平总书记在多个正式场合提到的“人类命运共同体”，这正是曾饱经战争摧残的中国给予世界的答复。

“人类命运共同体”的深处，蕴藉着维护和平的最柔和也最有力的力量——人文关怀。我们之所以有必要反对战争，是因为战争摧毁的是人的血肉、人的生活、人的家园；我们之所以有力量反对战争，更在于战争无法摧毁人的信念、人的团结、人的信仰。我们有着共同的愿望与渴求，我们曾饮下共同的腥涩与苦楚；我们也共同担负人类的命运，共同奔赴人类的未来。

既然如此，何不以共谱的欢歌承继过往的哀鸣，以交握的双手替代高举的拳头，让白鸽衔起绿枝继续飞行，让世界每一处金色的晨光融汇成一汪金色的海洋。你看，未来的帆影正在其间闪烁浮动；你听，不同的语言已组成了一支歌颂和平的协奏曲。

谢谢大家，我的演讲到此结束。

肩负担当，逐浪而往

我们常常会追问学习的意义：为己，为家，为国，抑或为天下？这个问题的背后是青年人在人生路口的犹疑与抉择。在我看来，雄心与责任是大多数优秀人格的一体两面，我们不应执着于二者的斗争与取舍，而应以自我为人生支点，去寻找相对的平衡。

我们应当内视于心，探问自己人生的意义。在不同的人生追求之下，个体人生意义的实现方式各不相同。决定其差异的不在于学识，而在于视野。名校走出的学子倘若仅将“找份好工作”视作未来的目标，那他也只能奔向庸碌的一生；哪怕是在最底层工作的劳动者，如果他心系社会、乐于奉献，他仍然能在满足感中迎来生活的礼赞。

在此番对比中，我们不难看出，视野的宽阔在于对自我意识的超越，人生更为浩博的意义存在于与他人、社会的广泛联系之中。我们在给予中获得，在利他中利己，在他人的生命里找寻自己人生的意义。“平坦之途必将通向凡庸”，唯有阔步于天地之间，人才能寻找真实的自我，而自困井底，纯粹利己之择，首先便是对自我生命的辜负。

在明晰“利他”的合理性与必要性之后，我们理应追溯以利他为核心的责任意识的渊源——家国情怀。在绵延千年的中华文化脉络中，家与国、“我”与“人”始终是紧密相连的整体，国家命运与个人前途息息相关。在这样的星火承继之下，中国近代的革命者担当起社会责任与历史使命，从“苟利国家生死以，岂因祸福避趋之”到“为中华之崛起而读书”，五四运动中群众的呼声犹在耳畔，战士的热血百年未凉。作为成长于新纪元的青年人，我们应当以先辈的血衣为战旗，续写自我青春之灿烂，家国社会之荣光。

的确，崭新的时代应有崭新的声音，社会的发展重构了属于青年的责任。从宏观上看，人类社会的高度发展潜藏着新的危机，困局中有责任，责任之下则是新的机遇。我们应当放眼全球，看见更遥远的苦难，听见更遥远的哭声。时代的洪流中有你、有我，我们在创造历史的同时也创造了自己的未来。而自微观而言，每一个人都是历史的创造者，那么对于每一个个体的关怀都显得尤为可贵。在新冠肺炎疫情暴发后，每一位身披白衣的青年都成了战士，一手执剑与病毒拼杀，一手托举起病患的生命，而每一处被口罩勒出的青痕都承载着人生最珍贵的意义。

时代浪潮浩浩汤汤，我们皆于其间逐流踏浪，是隐没于时代，还是成为人类历史夜空的群星？这从来不在于个体成就本身，而是于人生长旅中对他人的奉献、对责任的承担。

缺陷创造的机会

生活从来都不会是完美的，缺陷往往存在。的确，缺陷带来的问题使人焦头烂额，但缺陷同样带来了创造的机会。善于利用缺陷创造机会，反而会给予自己的生活无限的可能性。

缺陷能使事物拥有更大的发展余地，从而给予人们创造的机会。迪士尼在制作《小鹿斑比》时，其惯用的巴洛克式画法成了巨大的缺陷，太过烦琐的树叶会使主角在森林背景中毫无存在感。这个缺陷带来了许多问题，甚至使制作一度停滞不前。这时，黄齐耀，一位刚入职的华人画师，利用这个缺陷进行创造——他将西式的细腻与中式的水墨结合起来，用几笔浅淡墨迹勾勒出《小鹿斑比》所需的纯美意境。黄齐耀借助这个机会跻身主创行列，事业大获成功。迪士尼也就此开辟了新的思路——在动画中借助东方意蕴来为影片添色。可以说，正是因为黄齐耀的创造，这个缺陷不但得以解决，还带来了更好的发展。

正如乱世多出英雄，缺陷所带来的是人生画卷上的空白。空白碍眼，可空白同样给予了人们以浓墨重彩挥毫的空间。

从问题中寻找新的思路，便可从缺陷中找到创造的机会。美国人李维斯观察到矿工跪地工作时裤子常会磨破这一缺陷，从寻找更耐磨的布料这一角度进行深入思考，将废弃的帐篷洗净，制成牛仔裤。牛仔裤一经问世，便凭借结实耐磨的优势风靡全球，李维斯也凭借这一创造，为自己的人生带来了无限可能性。

缺陷所带来的问题，如用发展的眼光看，便是一种需求，一种亟待解决的需求，常规的方法已无法解决问题，这时，从问题中寻找新角度、新思路，便可使你成为这一需求所带来的市场中的先行者。把未知化为已知，再用未知解决已知，便是在解决了已知问题的同时，开辟了新的未知，是在缺陷中找到属于自己的创造机会，更是在缺陷中为自己赢得未来。

一位哲人曾言：说不愿成为一个眼里没有缺陷的人，因为那就意味着我已从这个不断更新的世界中死去。的确，缺陷会带来一些问题，可它同样给予了人们战胜已知、超越已知的发展前景。只要我们善于从生活缺陷中找出其中隐藏着的创造的机会。

以凡人之躯，为现世英雄

小时候，我认为英雄是被歌颂着的人，我仿佛看不见他的血肉，只有一座雕像被塑过金身。后来，我读到了一句话，“没有从天而降的英雄，只有挺身而出的凡人”。原来，英雄没有钢铁做的身体，更没有超自然的力量；他们也许不被歌颂，也许会被遗忘。英雄只是在凡人的躯壳下，有一颗烈烈燃烧着的心脏。

我想，英雄都是甘于奉献的。

新冠肺炎疫情在2020年年初暴发，止住了无数人归乡的脚步，许多人被迫选择舍弃，被迫留在原地。可有另一群人，在本应团圆的节日里，离开了家乡，逆行于人潮。他们选择了分离，选择走进苦难的最深处。他们是医者，是军人，是社区志愿者，是新闻工作者……他们有一张张被口罩遮住的面孔，他们是一个个身姿挺拔的英雄。

奉献是一种选择，是一次割舍的勇气。我们说英雄身上有神性，是在于其能够违背利己的本能；我们说英雄永远有力量，是因为彼此未曾谋面，我却被他守护。奉献是不期待赎偿的付出。英雄不是会流血的神，他只是甘愿挡在你身前的凡人。

我想，英雄也是敢于反抗的。反抗是灾厄或铁拳当前，替人民发声，为人民高唱。英雄们闯进人迹罕至的路途，为时代举起火把。

其实，在我眼中，每一个为新冠肺炎疫情努力着的武汉人都是英雄，每一个为新冠肺炎疫情做出贡献的中国人都是英雄。

我对英雄的判断在于群体中自我价值的实现，在有限的生命里创造时空轴线上的无限。听见更远处的哭声，看见更远处的苦难，依循着超越个体生命的使命感，在自我命运中寻找时代的划痕与方向。英雄永远在人群之前，或人群之中。

罗曼·罗兰说，“世界上只有一种真正的英雄主义，那就是认识生活的真相后依然热爱它”。如果要我对这句话做更具时效性的解释，那么英雄就是在直面现实的丑恶一侧后，仍然为人类寻找并创造着意义。

英雄是一个时代的救赎，一个时代的辉芒，一个时代的希望。在每一个将至的黎明，英雄们以凡人之躯托起太阳。

由《九三年》浅谈文学

文学与创作者

我始终认为，文学自身是没有目的性的，但创作有。因为创作是由创作者来完成的。

雨果写朗德纳克的残暴顽固，让他做小说里的恶面，却又提笔将他写成英雄；雨果写郭文的仁慈坚毅，让他做小说里的善面，却选择让他放走朗德纳克，并为此付出生命；雨果写西穆尔登的冷酷严厉，他更像是光明投下的灰色阴影，他审判了自己的“精神之子”，却也开枪结束了自己的生命。

创作者是包容的。雨果让自己的文学聚焦于被历史抛弃的反面，他写共和党人的信仰高尚，也写朗德纳克的自我坚守。在文学里，善恶的判断只是视角不同、立场相左的选择。教育使我们能辨是非，文学却引导我们在探知“恶”的表征下，看见另一种人生轨迹、另一派信仰、另一次选择，与其说是借由文学走近恶、理解恶，不如说是走近人、理解人性。

创作者是悲悯的。他借郭文这一正面人物的死，展现一个群体的生命价值。郭文为了敌人的生命放弃自己的生命，只因在其身上看见了自己对生命的理解、对道德的坚守，人们通常把这种选择的特质称为神性：奉献、牺牲，挣脱求生的本能。

创作者是残忍的。西穆尔登被他置于善恶两端之间的灰色地带，信仰正义却行事残忍，高举道德却不近人情。他身上嵌着绵长交杂的戏剧冲突，时刻展现着矛盾与融合。这其实更像是剖开了我们每一个人，没有绝对的善恶之择，只有善恶的倾向与纠葛。他的死，是压抑后的爆发，是被无数矛盾缠裹的最后的反抗，是信仰之死，是信仰永存。

创作也许无声，但创作者的声音嘹亮。

文学与历史

朗德纳克视复辟为高于生命的政治使命，悖逆历史的宿命奔波厮杀，他为达目的不择手段，可当他成为另三条性命唯一的救赎时，他愿意放弃自己沾满鲜血的生命。郭文是睿智从容、英勇无畏的共和军指挥官，他可以顺着历史的车辙走向未来，可当他在敌人身上看见自己所坚定的信仰时，他选择放走他，任自己的生命为现世的法条所审判。西穆尔登作为更坚定、更残忍、更不近人情的革命者，共和的信仰几乎覆盖了属于他自己的情绪与人性，他处死了郭文，却也选择了在目睹善恶的矛盾、信仰的对撞、选择的交织后，开枪自尽。雨果借三人的生死之择，告诉读者：高于生命的不止政治信仰，不止历史宿命。这是文学的意义，它比历史复杂，它比历史温热，它比历史更接近人性的真相。

人不能用善恶简单划分，这是属于历史的困局。史书中有正义，而历史是一次次有代价的选择。当道德突出信仰与使命的重围再次绽放光芒时，文明在一次次矛盾中冉冉升起。每一个人拼尽全力，献出己之生与己之死，历史滚滚向前，不会为谁的血痕易辙，人群铸就时代的伟大，人群也遮住了每一个渺小的试图圆满，即使是耗尽一生，即使足够崇高，即使引人潸然泪下。

于是我们需要文学。文学是历史的横截面，不评判人之善恶，只写人的喜悲、人的选择——那些历史的粗干上横生的细脆枝节和组成历史的斑斓色彩。

历史永远是过程，但每一个身处洪流之中的人，都在漫长的一生里找寻着自己的答案。

文学与道德

对一部文学作品进行道德批评是一件很危险的事情，因为它很容易让人忽视文学本身的审美转而将注意力放到主题、思想、情操的分析上。基于这种危险性，在我看来，任何对文学作品的道德批评都是不道德的。

或许有许多人无意识地混淆了娱乐与文学。

娱乐是时代与人群的产物，它的诞生与发展本就应当顺应当下的道德。文学是跨越年岁、挑战永恒的白刃，身兼回溯性与超越性，它的使命是解构道德、追问人性。

因此，针对文学的道德批评的确荒谬。你正在用文学所怀疑的对象，来佐证你对文学的怀疑。

我们应该做的是道德审问，审问自己、审问社会、审问时代，并非审问文学。书里刺目的恶，也许是那一个时代的痼疾；书里动魄的善，也许是人性中不灭的光辉。善恶也不绝对，那是书中人为达成自己的目的而做出的选择，或为信仰、或为尊严、或为生存、或为使命。文学坦荡地宣告，我们基于生命而非生活，却又从生活中寻得高于生命的意义。

文学是一种基于现实的超现实表达，置身于现实中的是你、是我，是每一个读者。基于这个认识，优秀文学能够做到触动你、影响你、改变你，但其自身并不应受当下规则的约束。

也许你会说，无边界的文学会给读者带来作用于现实的影响。是，这是很有可能的。但为规避现实影响而束缚幻想表达无异于因噎废食。幻想的表达是文明演进的基础，是历史轴线上的坐标。道德自身无法刺伤文学，反而是文学，才可能刺痛一个时代，去改写当下的规则。

说实在的，任何问题归根结底都是人的问题。正如我前文所言，文学本来无声，而创作者应当有声，相较于质问文学，分明更应当质问读者。

比起“阉割”文学，不如去普及教育。

视域之外，国局之中

当我们说起“祖国之爱”，我想，这份爱最终还是落于每一个个体身上。那些与我们拥有共同体貌与特征的人，本能地守护着同一片土地的人：白衣逆行的医护工作者，日夜奔忙的社区工作者，旗前宣誓的军人……还有许多抬眼望不见的人，是他和她，是你和我，是每一份对个体的关切，终于聚成了我们对国土的深厚眷恋。

大爱不是平面概念，而是被无数细碎的光填满的丰富感受，其间有愤怒、失落、迷茫、痛苦，也有欢喜、期盼、留恋、希望。爱的形式从来不是千篇一律的，哪怕是祖国之爱，置于每一人身上都不会是同一形式与表征。

仔细想来，关于国家，我们从来不说“喜欢”。因为爱不是喜欢，不会因为缺陷和意外的存在而轻易消逝，爱是人类的情感中最接近永恒的一种。爱是具有一种崇高感的，会让你想起生命之外还有生命，视域之外仍是人间。

当你爱一事，要记得，首先要拥有判断能力，要接受它的不完美。你的爱是一种不轻易改变的立场，你所培育起的反思能力和判断能力，是在汹涌危机袭面而来时，你反抗与捍卫的武器。

新冠肺炎疫情当前，居家等候是必要之择，网络几乎成为生活中不可缺少的一部分，而在大体量信息的冲击下，有人会迷茫不知所措，有人会表现得情绪极端。

其实人在很多时候都会为现象所驱使，形成大环境下的思考惯性。也许你认为的自得安适，只是一种“被迫的自由”。你可以思考，但思考的空间不大；你可以选择，但没有一个选项出自个人意愿。操纵一个人最好的方法就是用环境来操纵这个人的情绪，精神的自由被刻上从属性，而当现实的恶面被揭露时，又被无意义感包围。

我想讲一点希腊神话中关于西西弗斯的事。他被众神惩罚，每日将一块巨石推向山顶，而巨石又会再次滚落，日复一日，在无谓的重复中逼近永恒。我们有时也会陷入这种虚无感的困局：毕竟世界总有丑陋的一面，而我们也都会遇到深感无能为力的时刻。

我想从加缪的一次演讲中摘出一段话送给大家：

“正因为世界在本质上是不幸的，我们就应该创造幸福。因为正义缺失，我们就应该为正义而努力；因为世界充斥着荒谬，我们就应该提供某种意义。”

如何找出自己人生中的意义呢？这对每个人来说都是不同的。于我而言，是思考，因为只有思考是任何人都无法帮助我完成的事。

而当我们将思维成果抛回现实、诉诸实践时，便该如鲁迅先生所言，“能做事的做事，能发声的发声”。值得提醒的是，当我指出一件事的问题时，不代表我厌恶或反对它，当我认同部分观点时，不代表我喜爱或支持它。接受批评是一种能力，不以批评作为立场的判断也是一种能力。观点、立场、情绪是彼此独立的概念，不能混为一谈：立场不能通过片面的现象认知而改变，观点不能因立场而回避真相，而情绪，绝不能在思考时占据上风。

我们也要重视自己话语中的引导作用。我们可以说某个不好的现象是正常的，但绝不应该说“本就应当发生”，我们应该去反思如何规避，去反思如何做得更好。“本来就”这个句式在时事面前本来就是“耍流氓”。

总之，在任何事都不是非黑即白、一是一非的情况下，基于现实的判断能力很重要。是谁应享的权利，是谁应尽的义务？跳出自划一派的偏颇失序，跳出正误绝对的情绪操纵，不一味怪罪，不一味同情，对每一次转发负责，对每一次发声负责。不盲目等待希望，自己去崖壁凿光。

同时，怜悯弱者、敬畏生命，这的确在任何场合都是应该的，但怜悯不代表全权信任，不代表你能以复仇为名，向另一群人举起屠刀。我们当然可以时刻质疑，但不要轻易定罪。

我们应当看见更多人，看见更多生命与更多死亡。要知道，这不是任何个体的灾难，而是历史的一页，岁月的一程——它被写进每一个人的生命，也将成为未来的共同记忆。

由此，我不喜欢说“胜利”一词，新冠肺炎疫情面前没有胜利，如同“枪响之后没有赢家”，总有人已在冬日死去。要知道，只有正视死亡，才能找到生命的意义和价值。我们趴伏于尸骨之上，背负染血的希望，念着春日、念着前方。

我们应该低头看看，这片土地上正喧沸的苦楚；我们也要永远记得，眼前无数死亡堆砌起的生机。

也许我们始终无法“胜利”，但每一个明天都会如期而至。

TWO

▶ 初中篇

流年翩跹，愿青春盛放

——致敬初三毕业

我看过许多绚烂如梦的舞台，闪耀的镁光灯，整齐划一的动作，台下汹涌如浪潮般的欢呼尖叫声……可这一切都比不上这一刻，青涩而盛大的狂欢，用期许与勇敢充盈的初夏，以青春为名、以未来为期的铮铮誓言。

我始终记得王新校长致辞中所言：青春不仅是指人生的某个阶段，它更是强调一种人生状态。正如今日舞台上同学们精心准备的表演，无所谓难度，无所谓专业与否，他们身上流露出的，是鲜衣怒马的少年意气，是骄阳般热烈的姿态，是朝向未来策马驰骋的勇气。舞台的灯光耀眼，可舞台上的少年们是宇宙中最灿烂的星辉，以青春的姿态，朝着自己向往的天空，肆意地、拼命地咬着牙奔跑着。

我不会忘记老师们的青春致辞：“砥砺前行，不问西东”“愿披荆斩棘，磨砺成你心中真正的英雄；愿千帆过尽，别丢掉，你的那份真。”我想我明白了，此时此刻，青春最动人的便是“真”，少年们总是真心地哭、真心地笑，用澄澈留给世界一份温存，以无畏追逐自己的梦想。

那段我们举起右手握拳，以铿锵的语气发出的庄严的宣誓，至今仍回响在我耳畔。“我承诺，不做懦弱的退缩，不做无益的彷徨，我将带着微笑，去赢得我志在必得的辉煌！”它像是清晨里披着朝霞的天光，像是出征前吹响的号角，唤我们趁着年华正好，为了自己的梦想拼命去闯，无须想结果，命运不会辜负任何一段全力以赴。此刻的痛，此刻的伤，每一滴汗水，每一次坚强，都是青春给予我们的荣光。

白驹过隙，这段象征着新起点的仪式快乐地进行到尾声。我们把与岁月的约定写在纸上，折成纸飞机，任其在一片五彩斑斓的欢悦里翱翔。此刻烂漫得像一场少年人的疯狂梦境，可少年们在这如梦境般美好的狂欢里，放飞的是自己对未来掷地有声的诺言。

我们走过“逐梦远航门”。“前路繁花似锦，少年未来可期”，这象征着一次庄严的成长，这也是少年们呼朋引伴，一路笑着一路闹着，炽诚地奔向远方。

风雨兼程吧，别忘了那天正午被涂抹得熠熠生辉的天空，别忘了故事的起点，右手握拳的宣誓。我坚信这段青春不会散场，每每回头望，天空依旧晴朗，彼此仍是绽放着光的少年模样。

闪光灯一晃而过，台上的少年乱作一团。衣服背后的星光熠熠，少年人的矜傲是镜头里自带的柔光。你我含笑对视，是对青春最好的诠释。悄悄抿起的嘴角，看向对方时飞扬的眉梢，是时光反复里亘古不变的美好事物。或许我们终会各奔东西，隔着时间与地域，做一个成熟的、骄傲的大人，或许我们仍会带着笑，与每个擦肩而过的人寒暄，可我们也会成为彼此心底最特殊的存在，在那个阳光潋滟的午后，彼间少年曾笑得放肆张扬，迎着光，一尘不染。

少年迎着阳光眯起眼，任炽热漫过身体，每一张青涩的脸上，是相同的兴奋、期许与迫不及待。阳光明艳，将校园里的色彩涂抹得浓烈，热气一涌而上，引得少年的血液沸腾，操场上的景物在视线里扭曲，耳边的喧嚣声遥远而亲密，陌生又熟悉，一切的一切像是仲夏夜里一段关于青春与离别的旖旎的梦。

青春是一首没有韵脚的诗，所有人都在字句间张牙舞爪地鲜活着。此时的少年，知世故而不世故，欲成熟而不成熟。合照里，所有人有序地排列着，相似地微笑着，脚尖却悄悄转向身边亲密的伙伴。

操场中央，已是蒸腾着、炽热着的午间。身着齐整班服的少年们以己为墨，勾勒出班级的名字。我们望着空中嗡嗡作响的航拍机，双眼微眯，由着阳光将黑发染成灿灿的金。此时阳光刺眼，大多眉眼都皱成一团，不大好看。可这张画面又美得惊心动魄，因为所有人都望着同一个方向，所有人脸上都带着裹挟了少年意气的傲然、纯粹得不染泥尘的欢喜和对明朗天空的执着向往。

我多希望校园的路没有尽头，少年们三三两两地分离，向各自的未来踽踽独行。可走着走着，终会在另一个盛夏的午后，迎来一场如今日般灿烂的久别重逢。愿你可以走过繁花似锦，也愿你能在时光里以少年的姿态相遇。届时，山花烂漫，万物复苏，一切都奔向那个盛大的欢喜。

何谓伟大

出师一表真名世，千载谁堪伯仲间！

——陆游

我对诸葛亮最初的印象，源自《三国演义》，他是一个被捧得很高的人。罗贯中对他有过极致的赞誉，“卧龙，凤雏，得一可安天下”。在那个乱世中，他总显得超然而伟大，一袭素袍，轻挥羽扇而一尘不染。其实，他并非独一无二的惊才绝艳。因此，我总在疑惑：“他凭什么站上神坛而屹立千年不倒?”在我看来，《出师表》绝对功不可没。

若论三国时三大政治集团的文化层次，除却曹家父子三人，孙吴集团与巴蜀集团皆可出局，经济与军事的发达皆不可与文化直接挂钩。与诸葛亮有关的两篇政治上的报告影响了这一局面，一篇是《隆中对》，另一篇为《出师表》。若说前者是因对乱世局面有条不紊、理智到极点的酣畅分析，那么后者则是前途未卜之时忠贞不渝的真情流露。“今当远离，临表涕零，不知所言”，这是后世所有向往英雄的人共同拥有的动容。一篇临出征时的政治嘱托，却拥有令人流泪的能力，堪称伟大。

“物转星移几度秋”，千百年来世事更迭总会让有些人产生错觉：我走在千年前人物的前面。因此，有人毫不客气地点评，诸葛亮这是愚忠。的确，放在现世，他的说法没有错，一心辅佐一个“扶不起的阿斗”，又蠢又迂腐。可无论何时品读文字都应将其放入那个时代。诸葛亮这个“忠”，反而造就了他的伟大。

从诸葛亮26岁辅佐刘备至其46岁作《出师表》，间隔20年，刘备已死，继位者懦弱无能，国家摇摇欲坠。刘备死前说，若儿子无能，诸葛亮可“自取”最高权位，可他没有这样做。这不仅仅是忠，更是一种超脱凡尘的情义。于先帝之情、于国之义。乱世人人自危，权力是最珍贵的宝物，可在这样的境况下，他站在权力面前，却坚定地走向自己的初心。就凭此，他哪怕一生布衣，也绝不卑鄙。

不记得在哪儿听过这样一个观点：政治永远转瞬即逝，如烟火，一时绚烂却终归落寞。而文学则永存，代代文人只可使其丰盈，却不可磨灭前人光彩。诸葛亮身为军事家，本就已在政治上盛放，而《出师表》则通过无与伦比的美学效能，使其绚烂永存。

因此，哪怕是一次这样失败的行动，却激起无数后人心中不可磨灭的英雄情怀，“出师未捷身先死，长使英雄泪满襟”。他是永远的蜀相。

何谓伟大？在我看来，有情有义而极忠极挚如孔明者，堪称伟大。

浅谈杜甫及浅析“矛盾”

——《天末怀李白》一诗的拓展和联想

这首诗的作者是杜甫，这是一个谈到唐诗就绝不能忽视的人，这篇文章，我想从他讲起。杜甫，字子美，自号少陵野老，是唐代最伟大的现实主义诗人。杜甫的思想核心是儒家的仁政思想，他有“致君尧舜上，再使风俗淳”的宏伟抱负。杜甫在世时名声并不显赫，但后来声名远播，对中国文学和日本文学都产生了深远的影响。他流传在世的那一千多首诗，虽大多展现出一个严肃的老人形象，可我们必须承认，他的诗作极具美感：首先是韵律上的美，他自己的总结是“沉郁顿挫”，相当精辟了，我也不再赘述。他身处的时代也是奇妙的，是盛世，却又是盛世的末期，这直接迸发出了一种悲凉无奈的极致美感；诗本身，他对于诗中意象的选取极具个性化，日常却不平常，“野径云俱黑，江船火独明”“乱云低薄暮，急雪舞回风”，他将自己的情感寄托于平常事物上，平常便因此而不凡，当一个人用诗人的眼光看世界时，便也可把平凡的日子过成诗。他的诗有一个极大的特点，那就是兼收并蓄，这从上文所列的几句便可看出，我并不能在这里准确地分析出其风格之归属，因此便引用元稹的话：“至于子美，盖所谓上薄风骚，下该沈、宋，言夺苏、李，气吞曹、刘。掩颜、谢之孤高，杂徐、庾之流丽，尽得古今之体势，而兼人人之所独专矣。”纳百家之所长而独树自己之帜，这是我眼中一个诗人的最高妙之处了。而杜甫最常在诗中展现的是当时的社会面貌，以一介布衣的视角，洞察一个时代。其伟大的思想，严肃而亲民，落寞却高贵，如他诗中所言，“穷年忧黎元，叹息肠内热。”

说到杜甫，那自然不能不提李白。他堪称杜甫生命中最重要的人，仅就如今可考证的资料来说，杜甫给李白写过 15 首诗。他们是唐代诗坛乃至中国诗坛最壮观的一抹亮色，并称“李杜”。李白与杜甫相遇，是在公元 744 年。那一年，李白 43 岁，杜甫 32 岁。虽说一见如故，但二人却差异甚大。李白是浪漫主义诗人，而杜甫则是现实主义诗人，也正是因为此，他们之间虽有整整 11 岁的年龄差，但杜甫总像年长者，而李白则仍似少年。李白当时已是名满天下的大诗人了，而杜甫只是初露锋芒、小有名气，二人的身份地位也相差悬殊。李白的代表作品大多出自“安史之乱”之前，而杜甫的代表作品大多创作于“安史之乱”后，可以说，他们甚至代表着不同的时代。诗仙与诗圣，总的来说：李白更似天上仙，杜甫堪称人中圣。哪怕如此不同，其实他们之间的感情丝毫未减，他们之间的情谊，已经深厚到了“醉眠秋共被，携手日同行”的程度。近些时日，网上有一些很有意思的评论，是探讨李杜友情是否对等的，说杜甫给李白写了许多诗，却不见几首李白赠予杜甫的诗。我想先引用一段余秋雨先生的话：“这就像大鹏和鸿雁相遇，一时间巨翅翻舞，山川共仰。但在他们分别之后，鸿雁不断地为这次相遇高鸣低吟，而大鹏则已经悠游于南溟北海，无牵无挂。差异如此之大，但它们都是长空伟翼，九天骄影。”的确，如此迥异的二人，我不知如何评价二人之间的“不对等”，我只知道，他们二人，和他们之间的友情，都同等高贵。

《天末怀李白》这首诗作于“安史之乱”时李白长流夜郎又途中遇赦的那一年，诗中所讲：“文章憎命达，魑魅喜人过。应共冤魂语，投诗赠汨罗。”这揭露了一件很有意思的事——历经坎坷的人才能写出好文章。这又提到了一个很有意思的人——屈原。屈原是中国乃至世界史上第一个把“诗人”个性化的人，而他又将一系列矛盾加之于身——高贵而憔悴，迷惘而悠远。同时，他又成为日后大多中国诗人之典型——伟大的诗人，失败的政客。李白也不幸为其中一员。为什么如屈原、如李白的诗人注定了自身并不愉快的政治生涯呢？我想，只有这样切身体验一系列矛盾和分裂，再以自己的生命把这些悖论冶炼为美，才能让美走向辉煌。挣扎中的高贵，高贵中的挣扎，这是由痛苦酿造的高贵，这才是高贵之最。这不免使我联想到了西方戏剧中的悲剧。“必然与自由的矛盾冲突，是人类社会生活中最深层次的矛盾冲突。”实际上，悲剧冲突归根结底也都表现着必然与自由的斗争，只不过是在特定的领域中进行的。换言之，其实诗人也是如此。“必然”意味着特定环境下被注定的命运，而“自由”则是所有伟大诗人共同追逐的精神境界，这两者之间的冲突，也就成了不断接近人心本质的过程，如荆棘鸟的悲鸣，如夕日下的残影，具有极灿烂而又极孤独的至高壮美之感。最终，真正伟大的诗人将之糅合进自己的骨血，于苦难的烈火中锻造出自我。说实话，这个世界上真正拥有自我的人极少，而能将之用诗的方式表达出来的更是凤毛麟角，可他们之重要便在于一个孤独的生命发出的声音，却让每一个听到的人都会低头思考自己的生命。他们拥有让人思索生命的力量，以一己之力牵万人之心。因此，可以说，矛盾之终点在于融合，诗人之极致在于自我。

真我乃矛盾最终之产物。唯愿在这个时代，人们依旧愿意低头，以己之灵魂，丈量世界的深度。

坚持自我

我们以澄澈之心来到这个世界，每个人都拥有独特的自我。可外界总有些许纷扰，企图将我们的心污染，让我们失去本来的色彩。坚持自我，说来容易，可真正做到却需要用一生来践行。然而，也只有坚持自我，我们才能不卑不亢地立于世间。坚持自我，不忘初心，方得始终。

坚持自我，才能捍卫自己的尊严与人格。

“安能摧眉折腰事权贵，使我不得开心颜”，李白早年间有济世的抱负，可又不屑于与权贵同流合污，于是遭人陷害而离开朝廷。饮酒作诗，游历天下，不愿阿谀奉承，“放逐白鹿青崖间，须行即骑访名山”，留下多少流芳百世的诗篇。李白一生仕途坎坷，没有万贯家财，可他从未忘记最初的自我，一生按照自己的意愿而活。什么是尊严？我想便是无愧于心。而正是李白一生对于自我执着的坚守，才使他高尚的人格为后人所称颂。

坚持自我，才可活出自己的精彩。

苏轼因“乌台诗案”饱受十年贬谪之苦，并没有就此沉沦，他选择努力地坚守着自我。风雨飘摇中，他竹杖芒鞋，昂首前行。面对困难，他笑言“一蓑烟雨任平生”，面对讥讽，他叹道“何妨吟啸且徐行”。他默默地承受着官场与文坛一齐泼向自己的污水，他始终坚守着自己内心的澄澈。他过着并不光鲜的人生，可他活出了超出同时代人的精彩。我相信，也只有如他一般坚守自我的人，才能达到足以令世人仰望的高度。

“举世皆浊我独清，众人皆醉我独醒”，坚守自我，或许便是屈原投江时的决绝；“采菊东篱下，悠然见南山”，坚守自我，或许便是陶渊明“不为五斗米折腰”的傲然；“人生自古谁无死，留取丹心照汗青”，坚守自我，或许便是文天祥毅然赴死时的泰然。

坚持自我，一生向着属于自己的方向奔跑，便可活得无愧于心，并赋予自己的人生最独特的意义。

时代的杂音

——读《巨人的陨落》有感

这是一个最好的时代，也是一个最坏的时代。

——狄更斯《双城记》

我常常在想，何为评定一本好书的标准。或许这个疑问本就没有答案。但，当我读完这本书，我想，这是一本好书。其并非因为福莱特绘声绘色地描摹了一个我所熟悉的世界，而是，他通过这本书，让我看见了一个全然陌生的时代，在岁月的另一头，熠熠地生着光。

我喜欢把一个时代比作一段旋律。在福莱特笔下的1911～1924年，是一段慷慨激昂的交响曲，可弹奏者却像是一个极具天赋却又初出茅庐的少年，大胆而莽撞，手忙脚乱。这就像上世纪圆木桌上摆着的旧收音机，妙不可言的旋律从中倾泻而出，带着独属于一个时代的嗡嗡杂音。

第一次世界大战前后，人们都忙着自家的“鸡毛蒜皮”，可那一点零星的风吹草动，也可能让世界的巨变一触即发。以英国皇室为首的权威遭遇改革创新的冲击，在政治的裂缝中，平民阶级中的英雄正在野蛮生长。世界矛盾对立，却又暗藏着人与人之间、人与信仰之间无法撕裂的和谐温存。血浓于水的亲情中藏着保守与革新的针锋相对，“真爱至上”口号的背后依然有着阶级间深深的鸿沟。

是权势吗？是战火吗？回望历史，我不敢妄加评定。可当我终于从书中抬起头，掩卷而思之时，始终有个名字在脑海中挥之不去——比利。他是一名毕业即下矿的矿工，应该说是世上数以亿计人中毫不起眼的一个，却和他的姐姐艾瑟尔一起，成为其间醒目的音符。他们便是所谓的杂音吧，突兀而尖锐，在世人面前强调了他们的存在，无论是否想要，他们始终显眼而鲜艳。

他们真的该被称为杂音吗？这又引起了我一个新的思考。地位低微，不被命运所喜，他们仿佛是美好乐章中不和谐的音符。可他们不服命运，在那一颗颗被不起眼包裹着的、鲜红的、跳动着的心中，女性意识在觉醒，平等意识在叫嚣。是啊，他们不一样，他们冲动而勇敢，愿意用生命去抗争不公，敢于与世界为敌。20 世纪初，世界战火纷飞，人们活得小心翼翼，那是最坏的时代。可那一个个不屈于命运的鲜红色，却澎湃地燃烧着自我，以最美的姿态，照亮了那片黑暗沉寂的夜空。这可能便是我喜爱比利的缘故，他以信仰为名，不卑不亢，在这最坏的时代中，主宰了自己的人生，活成了最精彩的自己。

最终，曾经的伟大与平凡共同投入战火，在这绝无仅有的波澜壮阔的世界主旋律中，附于你我之身的，终归是挥之不去的平凡。可那又有什么关系，伟大终将坠落，我们能够拥有的，是自我内心坚不可摧的力量。

哪怕我是杂音，哪怕我不一样，哪怕我有与生俱来、无可摆脱的平凡，我也要活成我自己，盛放属于自己的灿烂。

世界是属于勇敢者的，所以世界是属于我的。

路在脚下

在人生之路上行走，本就会常常碰壁，没有谁的人生之路是条笔直且平坦的康庄大道，命运常把我们引入一个四面楚歌的“绝境”，当真是无路可走吗？仰天叹不若朝前看，只需继续怀抱初心，继续无畏向前，终将柳暗花明，重获新生。敢问路在何方？路在脚下。

路在脚下，怀着坚韧之心向前，终将触碰到希望。贝多芬，一位后人眼中的音乐伟人，可命运其实并没有善待他，而是跟他开了个玩笑。身为音乐家，他却听不见声音。命运给予了他天赋之窗，却在半途中把他房间的灯关上了。可贝多芬没有屈服，无数次昼夜不眠，汗如雨下，最终凭借细微的震动与对音律无与伦比的熟悉，“命运交响曲”被无数次奏响！他不仅是伟大的作曲家，还是伟大的指挥家。命运将他置于孤岛，可他凭借一颗坚韧的心，扼住命运的咽喉，浴火重生。是啊，路就在脚下，命运只能蒙住你的眼，缚住你的脚。挣脱，凭借你的坚韧去抗争。当你用坚强战胜宿命，你便会发现，黑暗与绝望早已被你抛至身后，眼前是通往前方的路途，洒满金色的阳光。

路在脚下，怀着乐观之心向前，终将涅槃重生。罗曼·罗兰曾写过：我以为真正的英雄主义，就是在知晓了生活的真相之后依旧热爱生活。尼克·胡哲生来没有四肢，生活从他记事起便残忍而直接地向他道出了真相，命运本就不公。可尼克·胡哲依旧怀有对生活的热爱，他成为演说家，用自己的乐观感染世界，他没有停止向前。最终，他在绝望的尘埃里生长，凭借乐观与对生命的热爱，奇迹般地盛放。或许人生本就没有绝境，带来绝望的其实是那个怯懦又消极的自我。无论多艰难，只要一步，再走一步，或许你便走出绝境，踏上人生新的旅途。只要乐观，只要相信希望，路，就在脚下。

记得曾看过一句话：我命由我不由天。的确，谁都是汪洋大海中的一叶扁舟，或许是逆水行舟，或许眼前只有伸手不见五指的黑暗。可只要我们以双手为桨，信念为帆，向前，向前便是洒满阳光的金色大道。

让平凡的人生变得精彩

我们常赞美伟人，对他们的人生艳羡不已而又觉望尘莫及。其实，平凡的人生同样能够绽放精彩。

梦想对每个人都是公平的。决定一个人的人生是否精彩的，从来都不是财富与地位，只在于你是否活出了自己，是否实现了自己的人生价值和意义。“白日不到处，青春恰自来。苔花如米小，也学牡丹开。”苔花生于阴暗角落，相对于牡丹而言，它渺小甚至卑微，可它依旧努力地绽放着。最后，它的盛开被袁枚看见了，写成了诗，流传至今。

人生何尝不是如此？梦想不因你的先决条件而分出高低贵贱，它只在于你的决心与意志。哪怕身处泥泞，只要你愿意抬起头，只要你拼命挣脱客观条件的桎梏，你的征程同样可以有星辰大海，你也可以拥有属于自己的诗和远方，你也能成为夜空中熠熠生辉的星芒。

怀抱积极的态度面对生活，平凡的生活也能收获精彩。“我的生命是一本不忍卒读的书，命运把我装订得极为拙劣。”范雨素是一名育儿嫂，她的前半生的确平庸得不忍卒读。她却怀抱着积极的态度，将自己黯淡的生命点亮。她每天结束繁忙的工作后挑灯苦读，在深夜里写作以锻炼文笔。最终，以《我是范雨素》一文而惊艳世界。

往往，我们并不能左右生活的客观条件，我们能决定的，只有在面对这一切时，我们的态度。消极以对，我们便囿于平凡，而终归于平庸；积极以对，我们便于平凡中找寻不凡，于平凡中绽放精彩。我们不能决定生活的现状，但我们可以拥有对未来的追求，重要的是我们要持之以恒地去努力。生命的价值并非只为“成功”歌颂，追逐的过程本身就壮烈而精彩，我们每一段成长、每一分收获、每一次超越都是时光给予我们的最高礼赞。

平凡的生活同样能够绽放精彩，只要你选择努力，以积极的态度，行于人生路，你终究会看到那柳梢的月、檐角的星，你的心中终究会繁花似锦。

假如回到开学那天

“假如”是个美好的词，它意味着既定的事实又充满了无限的未知与可能性。期中考试结束了，一切暂时尘埃落定。可如果能重来，或许一切又不一样。

如果真的回到开学那天，那么我想把这篇文章暂且当作一封信，送给那个幸运的、回到开学时的自己。

假如回到开学那天，你一定不要再为上个学期的成绩而沾沾自喜，请你一定要记住，沉溺于过去辉煌之中而无法自拔的人，往往都是失败者。

假如回到开学那天，你一定不要因为暂时的领先而耽于清闲享乐。你一定不要像龟兔赛跑里的那只兔子，因为当你躺在树下睡大觉时，没有人会停下来等你。

假如回到开学那天，你一定要多读读书，特别是余秋雨的作品。因为只有语文，最重平日积累，不会因为你考前一两天的紧张，对你手下留情。

假如回到开学那天，你一定要多看看报。不说远了，先定个小目标——至少把来势汹汹的议论文写好。

假如回到开学那天，你还要多做做题。不管你如何热爱文学，考试还是残酷无情的，考场上没有感情分。

假如，假如……可惜世上没有时光机。过去的让它过去，幸好未来永远不会迟到。

从现在开始多读书，每天都要读书 20 分钟，这不是爱好，而是习惯。从现在开始多做题，期末考试前总能摸清说明文的套路。从现在开始沉下心，毕竟心态才能决定一切，戒骄戒躁与沉稳，永远是一个人最珍贵的品格。在未来要相信自己，不和任何人比，比过去的自己更好就好。

说来也没什么大不了，我现在的努力，不过是为了在将来的某一天回忆往事毫不后悔，起码对得起自己。

最可爱的“傻子”

从小到大，我读过许多神话。在那个千变万化的奇幻世界中，有着形形色色的人与神，其中不乏一些强大得可以拯救世界，受万人敬仰的英雄。可我最喜欢的，却是一个许多人眼中的“傻子”——夸父。与其他的神话人物相比，他既没有超凡脱俗的样貌，也没有强大的神力，更没有赫赫的英雄事迹。他甚至可笑得在追逐太阳的过程中，因口渴而死。可就是这样一个“傻子”，以他的执着，深深打动了我。

的确，他没有成功，也不可能成功地追上太阳，但他一生都在追逐太阳。傻傻地追逐太阳的背后，是夸父对自然与光明的向往，对未知的求索。我总认为，结局并不是最重要的，夸父没有追到太阳，但他的人生因他的坚定与绝不放弃的信念而无比精彩。

夸父已经逝去太久了，而他的精神却没有逝去。直至今日，仍然有太多的人带着夸父的信念，追寻着自己的理想。

我想，刘翔这个名字，大概许多人都不陌生。他曾创造过奇迹，被称为“亚洲飞人”，但他也跌入过谷底。他和夸父一样，失败过、痛苦过，可他也同夸父一般，一直在拼命地奔跑。或许，那个在赛场上单脚跳到终点的身影，也像个傻子，一个执着的傻子，在无数的轻蔑与叫骂声中，拼尽全力向前奔跑。那年奥运会，因被恶意冲撞多次而痛失金牌的刘翔，他心中的信念，是否动摇过？我想，大概没有过。无视伤痛，日以继夜地练习，面对低谷，面对质疑，他的选择是继续奔跑。

夸父已逝，而夸父又永存。那坚定的信念，种在太多人的骨血中，一个又一个纪录被打破，一次又一次地创造奇迹，每一个执着的“傻子”心中，都有一个夺目灿烂的太阳。

新的憧憬

如今科技进步得飞快，是公认的。飞速的发展，解决了人类太多的未知。人类的脚步踏得越来越远，人们知道了，那片蓝天外，还有浩瀚无垠的宇宙。随着一个又一个曾经的未知被揭开神秘的面纱，又有人抱怨失去了曾经的想象与憧憬。

我们的祖辈在编写这些美丽的传说时，大概本意便是对未知有了好奇。可当时的未知，还不能得到解答，于是才有了神话。我总想着，如今许多人口中的幻想“破灭”，哪怕放在当年，那个神话得以被创造的年月，也能称得上是圆梦吧。

曾经的人们对于月亮，大概只有嫦娥奔月的幻想。在很久以前，月亮之于中国人，是可望而不可即的愿望。可随着科技的高速发展，第一张月球的照片，第一捧月球上的物质，第一个人类在月球上留下的脚印……曾经的不可能与不敢想象，终被科技实现。这不是一种想象破坏，而是幸运地，梦想得以照进现实。

踏足月球，那便是一个真实的星球，从地球向它望，它依然可以组成无数的幻想。对太空的研究是人们对于未知的探索，这与纯美的幻想并不会产生冲突。我们怀抱着依旧美好童真的幻想，也依旧不忘好奇，不忘努力，让我们一直勇敢而不失浪漫地走下去，满怀新的憧憬。

适当地放弃也是一种成长

人们常常认为“放弃”是不光彩的，也常用“能者多劳”来说服自己或他人。可我想，有些时候，适当地放弃也可以促进我们的成长。

从小，我可能就是大人口中“别人家的孩子”，而我，也乐于沉溺于如此的赞誉声中。为了保持一种所谓的“优秀”，在基本学业完成的基础之上，我开始逼迫自己多才多艺。

绘画、芭蕾、小提琴、网球……每天，我像个陀螺一样转个不停。或许我真的有那么几分天赋，可那也败给了一天一天机械化的应付。渐渐地，曾经所期待的多才多艺离我越来越远，取而代之的，是过度劳累后的心不在焉，“心有余而力不足”的无奈。

又是一个深夜。我结束了一天的奔忙，呆坐在书桌前，我忽然意识到了我的不快乐。“爱好”纷纷繁繁，我所收获的，不是充实的幸福，而是力不从心的痛苦。我对绘画毫无兴趣，无论怎样努力，我只知道将色块铺在纸上。而我之于小提琴，大概也是永远的门外汉，无论怎样努力，摆出如何高雅的姿势，拉出来的声音还是像在杀鸡。芭蕾和网球更不用谈，每天弄得一身青紫、浑身酸痛不说，技巧也几乎得不到长进。只有钢琴，那倾泻于指尖的美妙音符，那明快的节奏，左右手的协调配合，令我沉醉不已。每次钢琴课，都成为那一天中最快乐的时间。思索至此，我好像终于明了，什么才是我值得用一生去坚守的东西。

于是，我放弃了其他，仅留下钢琴。哪怕周围人都劝我别半途而废，哪怕“完美学生”的形象有了不可抹去的污点，我依然坚持自己的选择。令人意外的是，我的成绩在稳步提高，每天过得轻松而充实，钢琴也学得次第深入了。令他人难以置信，这一切是放弃带给我的，但我深知，这一切都是必然。

的确，若我将所有课程学习至今，我当然也能够获得或多或少的成长。可我做出了这适当的放弃后，成长得更加快速、轻松且快乐，我明白了，放弃并非全是懦弱的体现，它所展现出的，有时是一种清晰的自我认知。适当地放弃，也能促进我们的成长。

说几句念旧的孩子气的话

我忽然发觉，“从前”变得越来越多，“童年”在和我渐行渐远，在高科技新奇事物的介入下，时间的流逝仿佛也变得快了起来。曾经抬头望着蓝天，恨不得下一秒就长大成人；如今再次正视那个不知何时蒙上了阴霾的天空，心头却不明所以地泛起一阵酸，思念起那个小小的自己。

我其实也喜爱新奇，我其实也憧憬着未来，我其实也悄悄地期待着未知的挑战。可若给我一台时光机，我仍会坚定不移地选择回到过去，回到自己的幼年。为什么呢？大概是因为失去后的再次收获在我看来比任何收获都要快乐吧。“失而复得”于我而言，是最美好的一个词汇。

我是不是该承认呢？我虽然在心中小小地期待未知，可我胆小而懦弱，像一只蜗牛，最喜欢的，是躲在熟悉的壳中，最贪恋的，是熟悉的温暖。是啊，在未知与探险的路上，谁知道下一个迎接自己的，是微笑还是危险；谁又知道自己下一刻举起的，是相机还是白旗。

我好像也是一个爱哭的人，但我能学着保护自己。无论遇到什么，我都能举起手中最坚固的盾。可只有午夜梦回，回忆似洪水般从脑海深处倾泻而出，才能触到心中最柔软的地方，而后我落下泪来。

我私心里以为回忆最美。可我想，人生往往是残酷的，最美好的往往会轻易失去，美丽易碎。我能做的，大概也只是永远勇敢地面对挑战，把每一个未知，都变成自己美好的回忆。

我们都是小星星

——参观儿童福利院有感

震撼！

那是一个大多数人不曾想象过的世界。几乎避世的环境，破旧的绿瓦红砖，走进武汉市儿童福利院，我看到的是一个完全不同的世界。真的！真正无父无母的日子，身体残疾、行动艰难……那些我们想都不敢想的一切，却真实地发生在一个又一个年龄不过个位数的孩子身上。700，做数学题时，这个数算不上大，可只是武汉的一家儿童福利院，却有700多个孩子，他们没有爸爸妈妈。我从前遇事总感命运无常，可当我来到这里，我想，它有时，更是真真切切的残忍。

我不知该用什么样的词去形容，我并非亲身感受，所以不敢替他们抱怨命运，但我被深深地震撼了，这震撼不是源于残酷的命运，而是因为孩子们的坚强。孩子们带来了表演，我印象太深刻了，他们先唱了首意大利歌曲，然后是*You Raise Me Up*，我惊异于他们展现出的才华。印象最深刻的是那位主唱，开始我以为他在模仿西域男孩，弓着背在中间坐着，一曲尽，我讶异：他本就坐在轮椅上。来之前我早已做好心理准备，可当我真切地，毫无防备地看到眼前这一幕时，心还是一阵抽痛，眼还是一阵酸涩。前者是心疼，但后者仍旧是震撼。被命运遗弃的孩子，用顽强与乐观，救赎了自己。

温暖！

我走进了一个家，好大好大的家。让我残忍地道出事实：如果没有福利院，这些孩子，是没有家的。娇嫩的小生命，被父母遗弃，沾上泥土，沾上尘埃，沾上血与汗。幸好有了儿童福利院。我从不愿把它说成一个机构，我想那是一个家，那是无数个颠沛流离的心的栖居地。

关于温暖，大概每个人的看法都会不同，我们曾接受过许许多多的温暖。我只想说，我们的世界人来人往，熙熙攘攘，我们可以轻易地获得感动和温暖，可孤儿呢？院里的“妈妈”“姐姐”“老师”就是他们的全世界。

我记得院长介绍了一个制度特别有趣，模拟家庭。哪怕不是真的，至少让孩子们感受到了“家”的温暖。

感谢世界上所有给予孤儿温暖的人们，是你们，给了孤儿一个拥抱世界的机会。

光芒！

儿童福利院中的孩子，大多是弃婴。他们有的因为天生的缺陷而被抛弃。其中有一个4岁的孩子，还不会说话，她因无边孤寂与对未知陌生的恐惧而无比焦躁。她摔东西，恐惧地发出尖利的声音，她只是在保护自己吧。她的眼睛特别澄澈，像一池湖水，在她的眼里，我看到了星星。

这些孩子将自己的心锁在一个漆黑的小房子里，害怕被伤害，可他们与我们所有人一样，他们渴望爱，他们需要爱。他们仿若置身于黑暗的夜空中，因此他们不会拒绝哪怕一点微弱的光。

其实，我们都是星星啊，我们都会发光。对，我们自身拥有光芒，我们都一样。孤儿们也是这样，他们也拥有自己的光芒，暗淡皆因恐惧，他们只是害怕把自己丢到黑黑的夜空里。

在我们的印象中，“孤儿”是可怜弱小的代名词，其实，他们只是恐惧，他们只是害怕孤独。我们在他们面前也没有资格自认是强者，我们与他们都是平等的，他们只是缺乏安全感。我们要做的，不是俯首流泪同情，而是伸出一只手，把他们从自己的小世界拉出来，让他们知道，其实他们很强大，他们很棒。每个人都有绽放光芒的能力，让我们用爱，点亮整片夜空。

一闪一闪亮晶晶，我们都是小星星……

遗落在外婆家的粽香

转眼间，又是一年端午节。今年端午，我与父母一起回到了外婆家，看望外公外婆，顺便来学习包粽子。

外婆早已准备好了粽叶和泡好的糯米。我探下身，便闻到了粽叶的丝丝清香。接着，便在外婆的指导下，拿起一片粽叶，折成一个圆锥形。然后，再舀一勺洗得白白嫩嫩的糯米倒进去，把露出的粽叶折过去，将其中的珠圆玉润包得一点都看不见，只剩下翠绿的一片。这下子，我与外婆都包完了，拿起墨绿色的线一捆，一个尖尖的秀气的粽子就完成了。看着它那绿绿的讨喜的可爱模样，我的内心充满着喜悦与自豪。我迫不及待地留影，拿着粽子，与外婆站在一起，在黑黝黝的镜头前，我难得笑得一脸灿烂欢欣。

等啊，等啊，粽子新鲜出炉了。端来粽子，而后坐到我身边的外婆笑得像个孩子，“来，快尝尝，自家粽子的味道!”献宝似的，她挑出其中最好看的一个，递到我面前。我也笑着，剥开粽子，那一瞬间，清香扑鼻。自然好闻的粽香萦绕在我的鼻腔，诱得我迫不及待地拿起筷子，夹了一点放进嘴里。老实说，要谈味道，远比不上街边一个个西饼店精心做出的粽子，但细品，却能尝出一股沁人心脾的美好，我迷恋这样的美好。轻嚼，更觉美味，如清水芙蓉般自然，无雕琢。

我抬头，众人正围着餐桌说说笑笑，桌上的菜散发热气，烟雾缭绕中，我忽然明白了书中所述的“小确幸”。在这样的一个端午节，我忽然不想只顾追忆伟大的屈原，在这样的节日中，我不想谈“国”之大，只想守着这个平凡的小家。我想，世间最美好的事，莫过于与家人围坐在一起，身边坐着最爱的人，鼻尖飘着缕缕粽香。

体验过程

大概在太多人的眼里，每件事完毕后的“成果”或“结局”才是最重要的。其实不然。人生中大大小小的经历，唯有体验其过程方知冷暖。真正能从中汲取的收获，是对每件事的体验。

一次，我与朋友一齐去登山，导游告诉我们，顺着山中的小路一直走下去，会在终点处发现仙人曾经留下的脚印。这下子我们全都来了兴致，便也都不愿乘坐缆车了。

也是因为有缆车的缘故，选择步行上山的人并不多。我们顺着小小的台阶往上走，低头看，便瞧见青苔和石阶上浅浅的沟壑。

大概是因为听了仙人造访的传说，眼前的美景又被蒙上了一层淡淡的神秘色彩。肆意生长的树枝叶，早已悄悄挡在我们面前，神话赋予其生命与灵光，我们将满心憧憬都化作对万物莫名的敬畏，将眼前原来碍事的树枝看作山顶圣迹的守卫。我小心翼翼地将其拨开，屏气凝神，轻轻挪开步子，走了好远才站定。可站定了，又开始为我的好奇、幼稚的行为忍俊不禁。我不禁转过头，与同伴相视一笑。

不知怎地，路途中一枝一叶、一草一木都变得无比有趣起来。我们一路走、一路笑、一路听着蝉鸣鸟语，和轻风吹动树叶的“沙沙”声响。山是陡而峭的，因为鲜有人至的关系，路也难走，不久，我们便汗流浃背。可同伴在极度疲劳时又喘着气笑说自己是“即将发现新大陆的哥伦布”，我们又笑了，忘却了疲劳。

我们一路笑闹着到达了尽头，可眼前，却只有一块灰溜溜的大石头，没有传说中仙人的脚印，也没有想象中的烟雾缭绕。一个小孩站在石头上，摆着滑稽的“胜利”手势，看上去像是乘缆车上来的游客在进行“到此一游”的留影。同伴们一个个都泄了气，那个先前最期待的人，也抱怨着“虚度了几小时的光阴”——她最失望。他们说什么也不愿再去走山路，我们只好乘缆车下山。

坐在缆车上，回望曾到达的峰顶，我却释然了。的确，这山中没有仙人的脚印。这结果是不尽如人意的，可那些曾经在山中看到的美景，一路与伙伴的欢声笑语，曾对着最普通的事物进行的无尽想象……这一切的一切，构成了一段完美的登山回忆。是啊，哪怕我们最终见到了仙人的脚印，留在心中的，或许依旧是在过程中的经历。

无论是一路的欢愉，还是爬山的艰辛，都是我所体验到的，它们构成了我心中永不可复制的一段美好回忆。也许，爬山的意义就在于此吧，体验过程中的美景与乐趣。或许人生中的每一段经历皆是如此，结果从来都不应是重点，只要我们努力去做，用心去体验，哪怕结局是“无所获”，我们依旧能收获许多。这是体验过程给予我们的意义，人生中最重要的意义。

坚持的勇气

人生的路很长很长，常常让我们一眼望不见终点。我们常常身处于黎明前的漫漫长夜里，想要到达成功的终点，就一定要学会百折不挠的坚持，哪怕没有一个人相信你可以，也要拥有继续走下去的勇气。

从小，我大概就不是一个讨人喜欢的小孩，木讷、害羞，连举手发言都需要很大的勇气，成绩自然也不会好。第一次英语测试，同学们都在笑嘻嘻地比较着 99 分与 100 分间那一丝微小的差异，而我却坐在角落看着自己的 76 分，强忍着眼中的泪水。孩童的天真与率直在此刻变成最锋利的刀，直击心底、遍体鳞伤。我小心翼翼地问同学借试卷订正，她却冷笑道："这么笨，反正也学不会，订正干吗?"的确，我心中有强烈的渴望想要变好，可我害怕这样的渴望被别人看见，我恐惧那些否定的话语。

一年过去，对于我来说，不过是看见同学们朝着远方的光亮跑去，而自己则停留在原地。那次课上，老师讲了"笨鸟先飞"的故事。我听着，眼前仿佛就出现那只小小的鸟儿，在天空还未破晓时，便站在枝头，一次又一次笨拙地扇动着自己的翅膀，多像我呀，一直害怕地努力着，我默默地想着，我也能像那只小鸟一样，最后学会飞。

笨鸟仍旧是笨鸟，当我看着那些英语题时，依旧茫然无措，可笨鸟已经知道了她是笨鸟，她比别人都要努力，她坚信自己能够飞翔，讥讽与奚落的声音不会随着我的努力与坚持而淡去，可我已学会勇敢与无畏。

时间在流逝，分分秒秒、年年月月，我坚信只要我每一次都比别人更努力些，我也能同他们一样学会飞翔。嘲讽声一直还在，否定我的人没有因此而改变心意。可那有什么关系？我做不到让所有人都对我满意，但我至少拥有坚持自己的勇气。

终于，那个100分告诉了我坚持的意义。它来得并不令我意外，因为我为它流的每一滴汗里，都藏着坚持的勇气。

正如电影中所说：勤学加苦练，年复一年。我们真的不会是那个绝顶聪明的人，但我们拥有坚持的勇气，一只小小的身影划过天际，它可能不是最早学会飞的，但它可以做那个飞得最高、最远的。

反省能促进我们成长

无论我们行至何时，都需要反省，无论成功与否，带给我们最大收获与成长的，都是事后及时反省，反省能促进我们成长。

我的成绩从来都是不差的，记得一次，我考了个第一，似乎是三年级的期末考试，赞许声接踵而至，我也仿佛赢得了全世界，整个暑假过得轻松无比。

然而，新学期开学后的第一次考试，我便失利了，鲜花与掌声如潮般退去，心中的惊愕与失落压得我喘不过气来。

夜半时分，我坐在桌前，望着那鲜艳得刺眼的分数，我忽然回忆起了那快乐的暑假，阳光、沙滩、欢声笑语……似乎与“学习”二字搭不上边。我可是第一呀！我那么厉害……我内心残存最后一丝挣扎，我拿起试卷翻看，忽然发现，这本就是上学期的知识！上学期的期末，我依旧有错题，我依旧有不足，可我从未想过要进行反省与查缺补漏。我做得还远远不够！想至此，我便拿起上学期的试卷与课本，认认真真地翻看、分析，在黑夜的笼罩下，我面前的灯光显得格外亮，照在我的脸与手上，而我，正在认真地复习。

从那时起，每天做作业时我都会认真思考我的不足，把反省当成一种习惯。

又一次测试来临，分数如我意料般的好，只是，我再也没有了倨傲与轻视，而是时刻怀着一颗对知识的敬畏与好奇之心，去反省、去提升。我清楚地明白，我会一次比一次好。

这便是反省给予我的成长：不仅是分数上的提升，更是思想与心智上的成熟。“吾日三省吾身”，反省能促进我的成长。

平凡因追求而精彩

我们每一个人，其实都是一个平凡的个体，在世间万物中并不起眼。我们都是渺小的存在，但我们可以拥有追求，拥有梦想。因为有了追求，平凡变得不平凡，平凡变得很精彩。

如果没有追求，平凡只能变成平庸。你我皆凡人，这点毋庸置疑。没有人是一出生就已成就伟大的，可世上总是有着种种的精彩和伟大，这又是为什么呢？总有人选择追求。的确，我们生来平凡，但没有人是生来平庸的。平凡不稀奇，而平庸则是碌碌无为，会让生命失去意义。能够改变平凡的只有不懈的追求，“逆水行舟，不进则退”，当一个人的生命中没有了追求，他的生命便也失去了精彩的资格，沦为“泯然于众人矣”的平庸。

追求是让自己生命精彩的唯一方式。生命的进展是容不得后悔的。可追求从何时开始都不算晚。追求可能不会让你功成名就，但当我们的生活中有目标，有追求，我们的生命便有了意义。这甚至能改变一个人的生命。李安曾经默默无闻，没有工作也没有钱，待在家里靠妻子养活，但他从未放弃对自己电影梦的追求，最后，他一手逆转了自己的命运，这个在家赋闲6年的男人，成为世界电影史上一颗熠熠生辉的明星。试问，若李安甘于平凡的生活而放弃追求的话，如今的他会是什么样子？没有《少年派》也没有《比利林恩的中场战事》，他可能只是一个头发稀疏、大腹便便而又满脸油光的中年男人，哀叹着社会与命运的不公，平庸而令人厌弃。可他追求了，是他自己成就了自我人生的精彩，他的人生拥有了自己独特的价值与意义。

放眼整个人类史，我们每个人都是平凡、渺小的。可我们都能去追求，我们眼前的风景交织着汗水与坚定，时时变幻着、绚烂着，我们可以让自己的生命在这短短百年中绽放最独特的精彩，我们可以改变自己的平凡。因为有了追求，平凡的生命也会有精彩。

精神的力量

——读《古代神话三则》有感

夸父逐日

《夸父逐日》的全文不到40个字，讲述了一个十分简单的故事：一位名叫“夸父”的人，追赶太阳，在半路上因口渴而死。这个故事放在如今，可以说，夸父的行为是十分可笑的，因为无论是谁，都无法依靠自己的双脚，追上太阳，也有人认为，夸父这样的行为是毫无意义的，哪怕在那个时代。因为虽说“夸父逐日”，但却“道渴而死”，无论怎么说，他都是在做一件盲目的蠢事，他不会对任何人有任何贡献。而我却在为这样一个“傻子”所做的“傻事”而感动。的确，他没有到达终点，还可笑地被渴死了，可他跑了很久，一直跑到了太阳落山的地方，路途之遥远艰辛，连黄河、渭水都不够他喝。我最欣赏的品质是执着，我最心疼的是因执着而受到嘲笑的人，夸父的心简单而坚定，一生，只为追寻太阳。我不禁在思考：夸父的行为就真的没有意义吗？

夸父逐日，他在做一件旁人无法理解的事，去探求未知。古人本来就对世界的了解很不充分，而正是因为不了解，才要去求索。爱迪生在发明灯泡前的试验一定会有许多人不理解，爱因斯坦也曾被人骂过“弱智”。但他们同夸父一样，无惧他人异样的眼光去坚持自我，去勇敢创新，这就是我所欣赏的执着，这就是探索精神。说大一些，这样的探索精神，促进了世界的进步与发展，从古至今皆是如此。我想，哪怕是夸父不在了，他这样的精神，能够影响后世许多人。只有尝试着踏入未知的世界，才能将它变为已知；只有勇敢地去追求，才能创造一个又一个奇迹。

精卫填海

精卫的故事大多数人应该很熟悉，可以说，这个故事没有结局，我们只知道精卫用西山的木石来填海，却没有人知道精卫最终成功与否。我们常常是在意结局的，而《精卫填海》这则神话，却独独没有交待结局。这大概是这个神话最大的特点了，对于精卫的外貌、来历都写得极为详细。可偏偏在大多数作者、读者的心中十分重要的结局，却只字不提。这引起了我的思考：结局真的那么重要吗？精卫要填海，是为了不让大海害得如她一般的人失去性命，这可以称为一个远大的目标和理想。它每天都会做出一些努力，哪怕这个努力十分微不足道。在这个时候，结果还依旧那么重要吗？我想并不是这样。精卫每天都在为实现自己的目标而努力，或许她一生都不会实现这个愿望，可她一生一定都在为此努力，锲而不舍地追寻、求索。我想这就够了吧。或许每个人都有梦想，也有许多人都在为实现自己的梦想而努力，可最后真正实现了的，寥寥无几。这又有什么关系呢？有梦而追梦的一生，为梦想而流下的每一滴汗与泪，最终都会汇成一道耀眼的光，去照亮你的人生。就像一场漫长的马拉松，可能不是每一个人都能够到达终点，但每一个奋力前进的身影，都值得最热烈的掌声。我们在很多时候都不用太在意结果，只要像精卫一样锲而不舍地去追寻，不放弃，我们的每一个坚持，就都有意义。

女娲补天

《女娲补天》是这三则神话中最长的一则，内容可以说是最丰富的。写了女娲补天时做的事，看得出其中的惊险，同样，也能感受到女娲的勇敢无畏。读完后，我为古代人民奇特大胆的想象而震惊，同时，也引发了我的一些思考。这个故事的背景，是极度恶劣的自然环境，人们生活在水深火热之中。而在这种环境下“女娲”这个形象应运而生，可以看出人们对英雄本能的渴望，那时候需要英雄。的确，神话中有女娲，可以给予陷于危险之中的人们以帮助。但这毕竟是神话，女娲并不存在于现实生活之中。可当灾难来临之时，失去了神的庇护，我们就只能束手无措吗？我想并不是这样的，英雄在成为英雄之前只是普通人，女娲在灾难来临挺身而出之前也没有为人所知。正是因为这场灾难，女娲才能被冠以“英雄”“无畏”之名。其实，英雄也不只存在于战争之中，成为英雄，并非一定要救人于水深火热之中，只要我们的内心足够坚定强大，只要我们存着善良、勇敢、正直之心，我们也可以成为自己心目中的英雄。

红颜易逝，时光易老，或许终有一日，我们身边曾鲜活着的一切都会化为一捧黄土，只有精神，只有精神之中蕴藏着的力量，能随着时光流逝愈发显得弥足珍贵，藏在每一则神话中。那是能温暖无数人心的力量……

春节的故事

大年三十的晚上，饭菜摆满于圆桌之上。温暖随火锅之上的雾气蒸腾，耳边是电视中热情满溢的喧嚣。抬眼，是许久未见的亲人们经年未改的慈祥笑颜。

春节，是一年最忙也最闲的时段。奔忙了一整年的人们终于能暂忘工作上的冗杂，逃回收藏自己童年时欢悦的故乡。街道上终于勉强称得上“人烟稀少”，可超市却迎来了一年里最为拥挤、繁忙的时刻；城市里马路终于不再拥堵，可高速公路却迎来了太多车辆雀跃而急切的飞驰。回老家前，我随友人一同前往北京，想看看春节时首都“空城”的模样。

很意外，北京仍如往日般繁华。在出租车上，我们与司机闲聊。司机是个很典型的“老北京人”，话间自有北京味儿的豪爽利落，细问之，他竟来自南方。他的故事很普通，家有年迈双亲，膝下儿女成双，他的收入是一家老小的生活来源，他每月都会寄钱回那个遥远的故乡，为了儿女接受更好的教育，他春节也不愿休息。交谈间，我叹道“每个人的生活都不容易”，叫人惊讶的是，他轻笑，摇首否定了这句话，他说：“没人过日子能事事顺心，可我也没觉得生活有多不容易，我爸妈在老家过好日子，享清福，我的孩子也争气，都考上了北京最好的学校，现在我多跑一趟，到时就能给他们包个大点儿的红包，人人只要勤劳就能致富，我们家以后还会过更好的日子呢。”他的春节，故事平淡到了乏味的地步，不过是穿行于车水马龙，可我想，这段故事里，藏着万千普通百姓心中始终怀有的炽热的希望和对美好生活从未改变的执着向往。

今年的春节，除了这位司机，我走过了老北京的胡同，灰瓦红墙，墙上雕饰着细细的纹路；我还回了老家，看望了许久未见的亲人。小时候妈妈给我讲春节的故事，而如今，春节间的一切珍贵，交由我自己体验。讲好自己的春节故事，大概就是如这芸芸众生般，一边拼命奔跑，一边热爱生活。我想，在那些平凡而美丽的故事里，每一个普通面孔的眼中都有光，它亮得像是裁下了一片星河一般。

对手的力量

人的一生中，有许多十分重要的存在：家人、朋友、爱人……其实，对手同样不可或缺。因为一个令你想要超越、战胜的目标，往往能使你获得更大的进步。在追逐强大、超越强大的过程中，往往可以激发出更好的自己。

向强大的对手学习，从而弥补自己的不足，借此成就更好的自己。之所以能够成为对手，就是因为他拥有不逊于你，甚至略胜你一筹的实力。因此，对手总有值得学习的地方。而学习，便可使我们进步。科比在初入篮场之时，面对强大的对手乔丹，他没有丧失信心，反而细心钻研其技术方法，对比自身、取长补短。最终，科比在不断向竞争对手学习的过程中，自己的实力突飞猛进，技巧风格自成一派，由此成为更好的自己，面对对手的强大，我们应如科比一般，取彼之长补己之短，把竞争的过程变成不断学习、提升的过程，这样，也就成就了更好的自己。

强大的对手可以激发人的斗志，从而获得前进的动力，以此激发更好的自己。面对强大的对手，我们总会产生一种不服输的好胜心，从而更加努力地提升自己。达·芬奇与米开朗琪罗皆拥有出众的天赋与精湛的画技。他们同时为西斯廷教堂绘制壁画，他们是伙伴，更是对手。面对强大的对手，他们心中激起了强烈的斗志。他们更加刻苦地练习，更加用心地钻研。最后，他们都成为绘画界无法超越的传奇。对手的存在，使我们拥有了危机感与好胜心，从而在人生之路上更为努力地向前奔跑。殊不知，在这样的过程中，我们早已获得了莫大的提升，早已成为更好的自己。

对手从来都不是敌人，而是我们成长之路上最好的伙伴。他们从来不是人生路上的绊脚石、拦路虎，反而，我们可将之视为良师益友。一个强大的对手可以带给我们巨大的力量，可从中学习弥补自身的不足，更可激起斗志，获得动力，使我们自身能得到发展进步，从而激发出更好的自己。

好习惯的力量

西塞罗曾说过：习惯的力量是巨大的。不错，养成一个好的习惯，便可培养一种好的品质。而由好习惯养成的好品质，总能让我们在原本艰难的道路上，走得相对轻松顺畅。

养成好习惯能让人沉着，从而面对艰难的前路依旧临危不惧，进而走得相对轻松顺畅。

海尔集团目前已然成为规模相当大的跨国企业集团。可回望过去，海尔从 1984 年起走到现在，一路风雨飘摇。在中国发展速度之快的背后，是企业更替之迅猛。海尔能在如此艰难的情境下相对轻松顺畅地发展壮大，其主要原因在于 CEO 张瑞敏“二次决策”的好习惯。在做决策时，考虑这个决策的后果与影响，进而二次决策。正是这样可贵的习惯，让张瑞敏无论在工作中还是生活中都拥有沉着的品质，在做任何决定前都能够进行深思熟虑，才使原本艰难的人生路变得相对轻松顺畅。

养成好习惯使人变得坚韧，因此面对艰难的前路能够做到绝不放弃，由此走得相对轻松顺畅。

萨克雷曾说过：播种习惯最终会播种命运。是的，养成一个好习惯，便可使原本艰难的道路变得相对轻松顺畅。

赠她一园春天

——写给初中英语老师刘甜甜

我很少写自己的老师，因为在师生关系中，双方很难做到真正的无隙。可我真的很想写一写刘甜甜老师，写她最明朗的美丽，写她最独特的教学方式，写她与她的学生们温暖的点滴。我问过许多初中的同窗，在高中已过近一年时，大家说起刘甜甜老师，仍像是从未与她分离。是她让我们留恋过往，也走向属于自己的人生。

她给予她的每一个学生以美好得难以割舍的回忆。

在我的记忆里，她并不是一味地和学生玩闹嬉笑的老师，她会听写，会督促人背书，会因学生成绩不佳而生气，会偶尔为进度赶不上而焦头烂额。她是严厉的。

可她从来没有将自己嵌入一个名为“教师”的模具中，她因学生而严厉，也因学生而温柔。她从不为他人之看法抑或世俗观念中的正误而动摇自我，她一切只为学生着想。

她曾在新学年伊始，送我们每个人一本可爱的日历，我们也会在漫漫冗长的日常中收获一颗糖果的甜蜜——像是夜行的航船还未遇见拂晓，便已先摘下几颗星星。

她也给予她的每一个学生一份最珍贵的当下。

我想，生命的意义总是被“此刻”赋予。她不抗拒与学生们私下里接触，从关于错题的解惑到下周末的出游安排，她的形象自薄薄纸张的刻板中脱胎而出，自成一派，丰沛且生动。

她在许多时候都是我们的榜样，因为她一直在最好的年华做最美丽的行者。若穿越春日，则是簇簇热烈绽放的道旁花树；若将度秋时，则是夜幕中漾开的一轮圆月。她将生命的每一季都在那一个“此刻”镌下闪耀着的痕迹，也将“此刻”奉为长大后的愿望。

她同样也向我们描述过未来的模样。

她曾顺次询问我们梦想，也曾在我成绩不佳时以此劝慰。我始终记得她向我问出的那句，“你想要什么?”并非父母的期盼，并非世俗的看待，并非幼稚的高人一等，学习只有与自己的未来牢牢相连之时，才真正成为“自己的事”。这是她教会我的。

未来常常需要独自冒险，她没有领着任何人走完余生，可我们每一人的余生，都始终与她相关。当我们匆匆向明日的黎明赶去，得一师如她，便是拥有了夜里皎洁的明月，为每一个仍未脱去稚嫩的赶路人，照亮归路与远大前程。已有近一年未与她相见，可似乎也从未有过离别。

故事的最后往往与“爱”相关。爱可以很小，一方玻璃糖纸便足以将其包裹；爱也可以很大，是她于我们心间辟出的一片崭新的宇宙。爱是一瞬的事，像火车越过洞隧，船帆饱饮清风，爱是自屋檐坠落的春雨点滴；爱是永恒的事，似童话故事被摘去结尾，人生羁旅一程又一程，爱是留住春花一瞬的绽放。人间事难长久，可她却将日光留在了一簇簇匆匆而过的青涩生命里。爱是她于最后一堂课时望进我们每一个人眼底的目光。

常听人说老师是工匠，这个比喻倒也没错，她用最温柔的力度，敲打着最葱茏的岁月。我们急着向各自的人生赶去，她却停驻于遥远的岁月中，像是一座灯塔，也像是一轮太阳。

她既是我们的朋友，也是我们最亲爱的师长；她既是赏花人，也是辛劳的栽花人。

栽花人会拥有一座花园。

栽花人会拥有一整个春天。

THREE

▶ 小学篇

假如风有颜色

风有颜色，真好！

假如风有颜色，在春天，我希望它是绿色的。

让它吹绿小树，吹绿小草，吹醒小动物们。希望它能带给人们好心情。绿色，还是和平的颜色，希望人们心平气和。

假如风有颜色，在夏天，我希望它是五彩的。

让它吹红花儿，吹蓝天空，吹乐小朋友们。红红的花儿跳着舞，蓝蓝的天空惊讶地望着远方：啊！火山爆发了！大家快逃啊！哦，不急，它是欢乐的火山，它听见欢乐的叫喊声了！

风有颜色，真好！

假如风有颜色，在秋天，我希望它是金色的。

让它吹黄麦穗，吹黄叶子，吹熟果实。让世界变成一个金色的乐园！让农民伯伯心花怒放，让他们知道，自己一年的汗水没有白流！

风有颜色，真好！

假如风有颜色，在冬天，我希望它是红色的。

让红色的风，温暖每个人的身体，温暖每个人的心灵。

假如风有颜色，世界将会更美好！

我去过的地方

还记得，在小学二年级的暑假，我和爸爸妈妈一起去了香格里拉。

在那里，我去了普达措国家森林公园、藏族人家和松赞林寺。

我印象最深的是普达措国家森林公园，那里有如明镜般的大湖、可爱的小松鼠和自由自在的牛儿。一走进普达措国家森林公园，我就看到了如明镜般的大湖，清澈见底。听爸爸说，“措”在藏语里的意思就是“湖”！走着走着，我看见了一只可爱的小松鼠，正自由自在地吃着松果呢！这让我情不自禁地抓起相机一阵猛拍，足足有20多张！告诉你，走在这种路上，可是一种享受哦！天空中，有鸟儿成群结队地飞翔；道路两旁，星星点点的小花好像在向我招手；美丽的蝴蝶像舞者一样在小花铺成的舞台上翩翩起舞；几头牦牛头也不抬地专心吃草。这美景真是美得无法形容啊！

香格里拉这么美，怪不得被称为人间仙境！

我的爷爷奶奶

在我的印象中，我的爷爷奶奶总是那样慈祥，那样和蔼。特别是奶奶，她从妈妈怀上我后就一直陪伴着我。他们在我心中的位置不亚于我的爸爸妈妈。

在我的记忆中，爷爷是个亲切、慈祥的老人。虽然不爱说话，但只要细心体会，就会发现：在接我放学回家的路上，我说想要吃肉松面包，第二天一早，我就发现吃饭的碟子里不知何时就多出来一块肉松面包。还有一次，我和同学聊天，他听见我对同学说她今天带的酸奶很好喝。不久后，家里的冰箱中就多了一条酸奶。

如果爷爷对于我的人生来说是必不可少的，那奶奶则更显得至关重要。

从我记事起，奶奶在我的印象中是生动、活泼的。有时，她像小孩子一样，十分可爱；有时，她会把家里打扫得井井有条，十分整洁；有时，她又会像小孩子一样固执、幼稚。她大多数时候都十分严谨，但也有例外。我记得有一次我们发现家里生了虫子，于是我们开始检查，后来才发现，是因为奶奶总是把装菜用的塑料袋一系就不管了，才生了虫子，但奶奶却说："不是我！"

我们的家庭总是这么温馨，因为有了爷爷奶奶，就变得更加精彩！

FOUR

▶ 读书笔记/影评/音乐剧剧评

理想的光芒

——读《月亮与六便士》

因繁重的学习压力，我已许久没有完整地阅读一本书了，只能在偶有空暇去反复回味留存在记忆中的文字。坦白地说，许多我曾为之着迷的文字没有敌过时间。可《月亮与六便士》始终带着理想的重量，在我的脑海深处存在着，兀自生光。

这本书我读过两遍。第一遍读时，我看懂了故事，却没看懂那位主人公。我不理解，一个工作体面、生活安稳、循规蹈矩的中年人，却选择抛弃一切去追逐理想。在我初明事理之时，我觉得他既愚蠢又毫无责任感，那时我茫然无知又愤愤不平，只因“他的生活本不应那样”。

可生活哪有所谓“本来”与“应有”的模样呢？人们喜爱把大多数人所向往的生活，看成自己应有的生活。找一份体面的工作，有一个光鲜的未来……这种所谓的“理想”，看似体面光鲜，实则简单粗暴。这样的人，是用世俗口中的“成功”泯灭自己内心的真正渴望。

书里主人公的理想说来很简单——画画。因此，他辞去工作、远赴巴黎，后又隐居小岛。他为此告别了一系列光耀与体面。他蓄起了络腮胡子、身无分文、露宿街头、穷困潦倒。读到这里，有人随世人对其嫌弃鄙夷，有人不解，有人心生怜悯，只觉他活在世人异样的眼光与唾骂里。可我想，重读这本书，我会觉得，30 岁后，无论环境优劣、世人眼光如何，他始终活在自己的执着与热烈里。

我重新看到的是一份执着、勇敢与热情。我始终坚信热情是珍贵的。热情是带着一派鲜活少年气而又可以不只属于少年人的。它是引领你继续追逐理想、继续追逐心之所向的精神力量。拥有热情的人，也拥有一颗鲜红的、独特的、滚烫的心。前人的确为我们开辟了许多条通达便捷的路，可我们是否能够跟随自己心的方向，一路披荆斩棘，一路肆意奔跑？入无人之境，行惊世之举。满地都是六便士，可我们抬头能够看到月亮。

许多人追逐成功、追逐自我的独特。可“成为”任何人总是无济于事的，能够尽展我们人生光华的唯一方式，是淋漓尽致地做自己。

月亮的清辉是理想的光芒，在世俗的浸渍里，唯有理想的光芒纯粹而一尘不染。不要在属于自己的人生里去复刻他人的经历，不要在疲于奔命中忘却了自己人生的意义，不要丢弃自己的理想与个性，不要忘了抬头，看看柳梢的月、檐角的星。

我最喜欢的一首诗《当你老了》

> 当你老了，头发花白，睡意沉沉，倦坐在炉边，取下这本书来，慢慢读着，追梦当年的眼神，那柔美的神采与深幽的晕影。多少人爱过你青春的片影，爱过你的美貌，以虚伪或是真情，唯独一人爱你那朝圣者的心，爱你哀戚的脸上岁月的留痕。在炉栅边，你弯下了腰，低语着，带着浅浅的伤感，爱情是怎样逝去，又怎样步上群山，怎样在繁星之间藏住了脸。

这是首很有名的诗，被改写成歌词传唱于世已久。它深情款款，却又残忍至极。叶芝向那位如花的少女道出她终会老去的事实。他想着她垂暮的样子，心中的爱意却依旧炽热如初。

的确，这首诗藏着叶芝的脉脉深情，但我读到的，却也不只是求之不得的爱情。红颜易老，红颜易逝，爱情也随着时间悄悄隐去，留下的只有岁月的痕迹。那时，依然爱着的人，是谁呢？

我们终会行至暮年，我们终会满脸皱纹，甚至，我们终会死去，这是自然界中亘古不变的规律。坦然去接受衰老，我们不能让明艳的脸庞永驻，但我们能给予我们的生命，以最深沉的质感。《千与千寻》中有句话："人生就是一列开往坟墓的列车，路途上会有许多站，很难有人可以自始至终陪着你走完。当陪你的人要下车时，即使不舍也该心存感激，然后挥手道别。"我们当然都希望可以有一个如叶芝一般爱自己灵魂的人，但哪怕没有，我们也要感激曾经给予自己温暖的感情，然后努力地好好爱自己。

换个角度来看，在我们一生中，或许会爱很多很多人：父母、爱人、朋友、亲人……世界那么大，人生那么长，总会有那么一个人，让你想要温柔以待。他们终会老去。或许，那个曾经你以为强大得能解决所有困难的，那个无所不知、无所不能的人，变得如孩子般脆弱，甚至会早早离你而去。我们无法阻止衰老，但能一直温柔以待。

读《蒋勋说红楼梦》

人的一生，不到最后的终结，永远不知道它的结局。《红楼梦》一开始就把结局告诉你，让你看着每个人如何一步步走到他的结局去。也许人生不是一个结局，人生是点点滴滴、一分一秒过程累积起来的一种不可知的状态。也许到最后一天，还是搞不清楚自己这一生到底是怎么回事。

——摘自《蒋勋说红楼梦》第一辑《红楼梦》的结局

年少的我们，或许都曾有过诸如此类的彷徨，只因那看起来遥不可及的未来，那白茫茫一片的未来，随着年龄的增长，曾有过的迷茫渐渐清晰，而思绪仿若又飘至另一端更神秘的迷中去了。我们可曾想过，是否人生本就如此。你的局，在你初临人世之时，便已成定局，而一个人的人生，无非就是在一个又一个十字路口，选择一个自己喜爱的方向，通过不同的方式，到达既定的终点。而我想，人生的精彩之处大概也就体现在此了吧，虽然结局已定。但没人了解，只得在自己的人生之路上沉浮，人生或许本就是一场冒险，在通往终点的求索中，你永远都无从得知下一个将遇到的，是深渊还是丘陵。我想多说也无益，人生的定义，并非三言两语就能定下的，我们能做的，并非终其一生打探结局，而是活在当下，以一种享受的方式，走向每一个未知。

在文学里面有“全知观点”，就是有超越感，不成为小说里面的任何一个角色。我们没有个别的爱恨，是在一个更高的、超越的环境里面把这些人呈现出来。就像镜子一样，镜子本身没有选择，也没有爱恨。你走近镜子，镜子完全呈现你的状态，是一个全然客观的状态。

——摘自《蒋勋说红楼梦》第一辑 最像镜子的小说

人们常说一句话，清者自清；他们也常念叨着，当局者迷，旁观者清。前一句，指的是自己的清白，我想，或许我们也可以理解为“自身清晰明了的人也更容易明白自己”。“全知”这个观点，正如作者蒋勋所说，大概只存在于文学中。而人们又贪婪地想要看清自己，那么，第二句所讲的，就又揭示了一个道理。这个道理与“不识庐山真面目，只缘身在此山中”类似，身处于事件中心，往往不容易看清本质。反而，那些站在路边的“吃瓜群众”，在大多数时候，不但不是“不明真相”，相反地，他们更加接近真相。我国古代的君王常常将自己的行宫命名为“未央”，“未及中央”，就像身处于圆中却又没有到达圆心，将自己边缘化，反而更能接近真相。

那么反观小说，小说试图用全知视角，作者将自己“边缘化”，站在世界的边界，不成为其中任何一个角色，与自身无关，自然就能做到相对的合理公正。

《红楼梦》是没有写完的一本书。一个好的作品，完不完成，不一定是最重要的事。很多音乐家最好的交响曲也不见得是完成的，很多的绘画不见得是完成的。这部小说也是没有完成的，其实就是写到他要走时就走了，小说没有完，时间没有完，人生没有完。我们永远不知道生命中接下来还会发生什么样的事情。

——摘自《蒋勋说红楼梦》第一辑 八十回的《红楼梦》

“未央”，我曾说过这个词。在一个圆中行走，却未行至中央，圆未满，也就是未圆满。“满足”一词，是许多人试图达到的一种人生状态，可真的联想生活，如在夏天有无穷尽的雪糕送至眼前，一扫而光，好吗？不一定。或许是进医院，或许是无尽的厌倦。同样，没有达到所谓“完美”，又真的是坏事吗？断臂的雕塑维纳斯，被人们奉为最美；吃一顿美食却没有吃饱，心中总是念念不忘。期待与追求完美的过程，自己才是最享受的。

人们不断地续写《红楼梦》，这就是对“完美”的一种追求，而曹雪芹之造诣，却至今无人超越，这是对完美求而不得。其实，这样的心境，是最好的，就仿佛一直在登山，在走上坡路，虽然更累，但拥有的心情是无比期待的。不圆满，可能在某些时候，是最好的圆满。

有的时候，人生的精彩之处，并不在于一个精彩的结局，而是在人生的道路上奋力前行时遇到的断崖与险峰，然后再闯过它们，成就一段精彩。

如果作者要写的是自己一生的梦幻，繁华根本是一场梦，他或许根本不在意结局。他只是告诉你，在所有生命中，权力、财富、爱情，全部都是一场空。他要告诉你，知道是空，你还是执着。知道归知道，执着归执着。《红楼梦》的迷人就在这里，明知道所有是空的，可是每一刻又都在执着。

——摘自《蒋勋说红楼梦》第一辑 八十回的《红楼梦》

若世间一切都是一场空，那么我本能地想到了一个词——浪费。何必饮食？反正是一场空，浪费。何必学习？反正是一场空，浪费。何必旅行？反正是一场空，浪费。何必去爱？反正是一场空，浪费。

那么，获得生命不由得我们选择，而余生里，只需呆立着，等待死亡。可这不是我们所追求的。的确，我们最终都会成为一捧黄土，可评定一个人的一生幸福与否，从来都不会去计较死后的事。你在活着的时候去了多少地方游玩，你最终读了多少年的书，你的另一半是否爱你，你的孩子是否聪明乖巧……这都是评定的参考标准。但，所谓幸福，所谓成功，不过是一种心境罢了。这种心境，需要每个人自己用做了每一件小事后的满足感去填满。如果你又同时给许多人带来了幸福，那么便称得上伟大。

的确，人生终为一场空，可每一个人，又都在执着地追寻，“空”是结果，而追寻过程中所绘下的斑斓，才是一个人人生的意义。

这个“痴”字在美学上是说：理智逻辑无法解释的现象，就是痴。人生没有这个“痴”字，也就无情，生命里执迷的东西，没有办法解释的“爱”，就是痴。

——摘自《蒋勋说红楼梦》第一辑“还”的哲学让人超越

蒋勋说，“痴”这个字是中国美学里重要的字之一。我认为这是不错的。将“痴”字拆解，是一个“疒”也就是生病的“病”和一个认知的“知”。病态的认知，即为“痴”，可以理解为一个人的认知程度低于正常人水平，这便是“白痴”“痴呆”等词的由来。同样地，对一件事的认知程度高于正常人水平，也是“痴”。我一向敬佩执着，对某样美好的事物抱以执着。在我眼里，绝对是一个有着高度认知水平的态度。书中有许多美好的爱情故事，其中有不少男主，被冠以“痴情”之名，我相信，这绝对不是贬义。《红楼梦》的作者，有人说他痴，为一本书终其一生。的确，为了《红楼梦》，他半生执迷，可时至今日，他的痴，有人说是错的吗？

或许我的话有些偏激和绝对，我想，这世间并非一切事物都能为科学所解释。“痴”的美好，无非是对错的追逐，或许也就解释了“情”为何物。“直教人生死相许”，生死相许，本就是一种痴情。我是感性动物，我总想，一场轰轰烈烈的情意，从某种程度上，也体现了人类的高度文明。

> 人世间如果是一个“还”的哲学，很多不可解的、荒谬的、啼笑皆非的现象，就有了懂得和超越。我觉得《红楼梦》是在谈这样的人世间的情缘，而这个情缘是常人不可解的现象。
>
> ——摘自《蒋勋说红楼梦》第一辑 “还”的哲学让人超越

蒋勋把“还”作为《红楼梦》的核心，而非“痴”字。有些事，并非“痴”字就能解释；而所有的“痴”，也都是因为要还一些东西。我们从小所受的教育都说欠了别人的东西，是一定要还的。如今流传在世的一些教派，会认为所有的生命都不止有一世，也就是说，或许，今世痴痴去还的债，是前世欠下的。

《红楼梦》中贾宝玉与林黛玉之间的纠葛，是他们前世身为神瑛使者与绛珠草的甘露之缘。草快枯死了，神瑛使者心觉这绛珠草可怜，便每日每日地舀一点甘露去滋润它。这株草受其恩惠，得以生存下来，这才有了后来凡间宝玉与黛玉的动人故事。黛玉说："用我一生的眼泪来还他，大概也够了吧。"于是，这一世，黛玉便一直一直在为宝玉流泪。这种执念，说傻，那也是傻的。但要说痴，这便成就了一份凄美而执着的痴情。

我总想，人的生命说短也短，说长也长，我们需要一点时间，去追逐一次在旁人看来完全不解的执着，人们都说"大智若愚"，有时候，真正立于人上的，本就是不被理解的。

> 对作者来讲，回看自己家族的历程，他既要透露，又要隐藏，在隐藏里包含着对活过的人的爱恨，他已经超然了，他要留给活着的人一点点可以活下去的安慰或者鼓励。他写《红楼梦》，不是要暴露隐私，而是悲悯的宽容，所以一开始就表示要把"真事隐去"。
>
> ——摘自《蒋勋说红楼梦》第一辑 真事隐去，心存悲悯

这段话是在讲述曹雪芹为何要在书开头写下"甄士隐"这个人物。我不禁为曹雪芹的悲悯情怀及其大爱深深震慑。与人本身后天修养所得的品质无关，这是所有人骨子里都存在的已触底线的善良和宽容。我将其与如今的一些人进行对比，我想着，是如今的人们变了吗？也许只是将对于犯错者的善良与宽

容藏得太深了吧。如今网络的普及与发达，使人们的共同意识，几乎都通过一个名为“网友”的群体展现出来了。各大事件发生，网络上都会爆发一段时间的热烈讨论。究其对象，我发现网友们骂得最惨的，大多都是一些出轨者、不让座者、整容者。先不谈他们并没有对骂他们的每一个人的生活造成真正的破坏，哪怕他们再惹人讨厌，也不至于到达一些人口中“去死”的程度。更有甚者曝光其个人信息及行程坐标，使他人在世界任何一个角落都无法安生，或许最终落得自杀的下场，这真的是人们口中的善良吗？曹雪芹选择宽恕那些给他一生造成震荡的人，写下了如佛经般超脱慈悲却又有着引人入胜的美妙的《红楼梦》。人都说“相由心生”，或许文字也由心生。《红楼梦》带给我的，不仅有美好的故事，还有一颗慈悲为怀的心吧。

> 这些闺阁当中他认识的精彩女子不被记录，所以，似乎他忍辱偷生活下来的目的，竟是为了给这些女子一一立传。这样的立论是够荒唐的，文天祥活下来、岳飞活下来，留下来的是《正气歌》《满江红》，是要为了表彰尽忠尽孝的，而《红楼梦》是为了给女孩子立传的。
>
> ——摘自《蒋勋说红楼梦》第一辑 最早的女权主义者

初读《红楼梦》，我便也发现了其在古代文学中难得一见的对于女性的高度认可与尊重。作者在讲自己的，便是“今风尘碌碌，一事无成”，可是“忽念及当日所有之女子”，一想到他生命中出现的女子们，便“觉其行止见识，皆出于我之上”。如此将女性的地位置于自己之上，在倡导“男尊女卑”的封建社会中，实在是太少见了。一个能够跳脱出以男性为中心的时代性格去拼命赞扬女性的人，又该是怎样的伟大？张爱玲曾说："爱上一个人，心会一直低，低到泥土里，在土里开出花来，如此卑微却又如此欣喜。"联想曹雪芹，他这不就是以如此深情而欣赏的目光，去看待世间所有活得十分精彩的女子吗？

写到这里，我竟也觉得十分感动，并非仅仅是他敢于在男权社会中为女性发声，更多的是感动于他愿意放低自己，把自己讲得很糟糕很糟糕，不学无术，一事无成，只为凸显出他身边看似不起眼和卑微的人。我总想着，当一个人拥有了发现优秀与伟大的眼睛并乐于去发现，他就已经成就了自身灵魂的优秀与伟大。

> 石头经过人的亲近，经过血汗的沁润就会变成玉，玉和石是同一个东西。宝玉生下来嘴里含了一块玉。他同时又觉得自己就是那块顽石，一无所用的顽石。顽石跟玉本身，看你怎么去看待，你爱它，它就是玉，你不爱它，丢在洪荒里，它就是青埂峰下的一块顽石。
>
> ——摘自《蒋勋说红楼梦》第一辑 含玉而生的宝玉

用科学来解释玉，便是"硬度很高的一种矿石叫作玉"。如今的市场上，玉也分便宜的和贵的。便宜的不过几十块钱就买得一大块，而贵的，也可上千万元或上亿元。我总在想，那么人也可以这样吗？因为别人的指手画脚，而分出三六九等？"你个扫大街的！""你个赔钱货！"听到诸如此类的话，便应当自我否定了吗？大概不是这样吧。心情与感知，都是属于自己的，那么，属于自己的人生，应当由他人来定义吗？大概不是这样吧。我们是自己的主宰，喜爱与不喜爱，值得与不值得，应该由我们自己定义。有许多人都说过，别人可以不喜爱你，但你不能不喜爱你自己；如果连你自己都不认可你自己，那么，也没有人来认可你。是呀，我们本来就可以做属于我们自己的美玉。

海蓝的畅想

——读《说几句爱海的孩子气的话》

说实话，这篇文章令我有些诧异。在我的心目中，冰心的形象一直是理性与感性兼顾的。我曾有些“不怀好意”地猜测：有名的作家总是将自己中立，不批判、只褒扬，更不会贬低一物来衬托自我心中的美好，这样总能给予群众满意。这样的想法在如今看来也不无几分道理，也是现在的公众人物们为保全自我而建的生存法则。可冰心，颠覆了我对她以往的印象，也使我扭转了自己的思维。

冰心爱海，这是文章通篇，每字每句洋溢着的炽热情感。我常常幻想着文学作品中作家的形象，脑海中浮现的却总是被面纱与棉布牢牢裹紧的神秘形象。这次不同。冰心言语中透着小女孩的娇蛮，可以理解为一种任性，但却一丝也不惹人讨厌，反而为其天真所迷，心生几分喜意。

不知是大海成就了深蓝，还是深蓝成就了大海。总之，这两者给予人的第一印象，皆为宽厚憨鞠的包容之态。或许这也是冰心深爱大海的原因之一吧。这个世界本该如此吧，求同存异，允许偏见与少数，本来就是这样的，有大多数，那就有少数的存在，而一个积极向上的社会，就该如大海般包容不一样的声音。

回归孩子般的纯真也许更好吧，只有允许不同，认可不同，对自己所喜爱的给予多一些炽热的坚定，对他人所喜爱的给予多一些尊重的包容，这个世界才会多几分鲜艳亮丽的姿容。这篇因被冰心的文章所感动而写下的文字，归根结底，大概也是大海的那抹深蓝所给予的畅想吧。

那便赠你一瓣月光

——述音乐剧《蝶》中的歌曲《心脏》

“我不止一次错把满地的月光，当成是海洋。”

便是一片银色的天地了。我看见一场喧嚣的夜晚，黑丝绒的幕布垂得极低，世界被拢在漆黑的逼仄中，心口沉重得几乎无法喘息，真正的黑夜是分不出天地的，它们与空洞的暗丝丝密密地缠在一起，世界皆失了颜色。今夜不属于黑夜：月光自夜幕的罅隙倾泻下来，散在每一寸黯淡的土地上，几粒几粒彼此簇着、糅着，聚成一席瓷白的毯，每处缝隙里都嵌着一粒光。今夜也不属于月夜，今夜是歌里唱的离别。

海水自金属制的圆管漫溢开来，天地间又生出几分亮色的生动来。四周皆成了海洋，漾起圈圈波痕，漾起层层碎光，这该是个极冷的夜，是浸在海水里的湿漉漉的冰凉。

恍惚间有风席过，风是什么呢？风是具象的刺骨感，裹挟着像是来自草原的沙砾，风是遽然而至的痛楚。风呼啸着翻腾起雪似的浪——因而今夜喧嚣。风愈刮愈凛冽，裹着撕心裂肺的悲怆——风是什么呢？风是歌者把时间揉碎了，写成的诗句。

风声终于诉到离别去处，离别给予今夜以温度，眼前没有具象的个体，只有一片胸膛与一颗心脏，海水疾奔着涌进离人的胸膛，海水里浸着一颗滚烫的心脏。其实，没有海水，只有凄白的决别与凄白的月光。月光在足下的黑暗里流淌，月光在催促着你我天各一方。

歌里的月光像极了海洋。被月色浸透的衣裳，有足以入骨的冰凉。天地间只剩一件物什留着温热了，便是那颗始终跳动着的心脏。与其说今夜被写作离别苦思，倒不如将之描摹为热爱不死。

热爱是始终温热的痛楚，始终沸腾的执着。离人用一颗盛满热爱的心脏，焐热了照进心底的那瓣月光。海浪的澎湃是心绪的澎湃，别时有尽而热爱永恒。“不管海水多么冰凉，我依然有一颗心脏”，倘若不能在你身旁，那便赠你一瓣温热月光。

我跌进那片月色清寂。

片刻的温暖

——读《社戏》有感

我相信，鲁迅大家都是熟悉的，可在我的印象里，鲁迅先生的文章是高深而热血的，而鲁迅先生本人，也是一位言辞犀利的爱国思想家。可这篇《社戏》中，却没有黑暗与不平，而是充斥着童年纯真而平淡的温馨。

我看完这篇长长的文章，其实内心是存着几分疑问的。文题取为《社戏》，可文中描写社戏的篇幅可谓少之又少，反而去看戏时夜间行船以及看完戏后沿途“偷”豆却是着了许多笔墨。文中分明说了这戏是不好看的，可结尾又对那夜那戏盛赞有加。这大概就是鲁迅文学的一种独到之处，他将一颗未泯的童心，包裹进这巧妙的布局之中。

鲁迅先生把那儿当成“乐土”，那儿有优美的风景和可爱的玩伴。戏本身，是难看到让人破口大骂的，而“那夜似的好豆”，也不过是滴着露水，沾着泥土的罗汉豆。真正令鲁迅先生一生怀念的，大概是与朋友的真挚情谊，大概是平桥村人民的淳朴善良。

童年如此的乐趣如今已是很难寻觅。但我相信，只要我们不抛弃内心自幼便有的纯真，依然保持对生活的热爱，哪怕一个再平凡的片刻，也足以温暖人一生。

文明的光源

——读《海思》有感

如今提起大海，大概脑中浮现的便是清爽怡人的海风、阳光下灿灿的沙滩和各式的泳衣、冰饮。总之，便是度假胜地一样的存在。可这篇《海思》，却令我产生了更深的联想。

我在生物课上已经学到过，地球上的第一个生命源于大海，那时的地球还是一片汪洋。换句话说，大海便是人类文明的摇篮。每逢假期，我第一个想到的，就是去海边。我常在思考其中的原因，如今我懂了，这或许便是一种天生的依恋吧，是一种心灵的回归，回到思想与文明诞生的地方。或许，大海之于地球上的生灵，就像故乡之于旅人，就像母亲之于离家的游子。不一定要时刻都在，但也只有那里，让人日夜思念；但也只有那里，才是最安心的存在。

我常常在想，人生是否就是一个圆呢？人类的文明由海而起，而海，也成了人们心灵的归宿。我认为，海其实是有生命的，她用她的方式哺育着地球上的生灵，每一个生灵。

大海是美丽、神秘而博大的，作者在文章最后说，“海啊，你在我的心里”，是呀，大海不能时时刻刻陪伴着我们。但只要我们把海看作人类文明的光源，看成自我心灵的寄托，学会海的智慧与博大，我相信，海会一直都在的。

人生如海

——读《听潮》有感

海是自古以来文人最爱描绘的事物，而我读过的写海的文章也是数不胜数，其中不乏经典之作。其中，这篇《听潮》，是我看过的最特别的一篇。在作者鲁彦的笔下，海变得壮丽而多姿。

本文中的海，有三种美丽的样子，“睡熟”的海，静寂而又温柔；“睡醒”的海，就像一个孩子般顽皮；“发怒”的海，便似千军万马混战般壮观。开始我并不懂这其中的深意，便去了解了些相关背景。在中国社会处于最黑暗、最艰难的时期，鲁彦屡遭迫害、颠沛流离，当他怀着一颗期待之心去寻一方净土乐地之时，却只感受到了理想与现实的巨大差距。这时的听潮，便显得格外有意义。

这大概是一种新的顿悟。海有潮涨潮落，月有阴晴圆缺，那么生活中不也有痛苦与欢愉，现实中不也有黑暗与光明吗？正如同海只有在潮涨后才可退去，也只有潮落后才能再次奔涌而来，人生也是如此。黑暗与光明，痛苦与欢愉，低谷与高峰，不是对立，而是相生相伴。

人生如海，在低潮之时不放弃，在高潮之时不狂妄，学会在两种极端相互转化，牢牢守住心中的初心以及真正的自我，我们的人生之海，终会掀起最美的浪花。

心中的桃花源

——读《桃花源记》有感

如今，有许多旅游景点被冠上了“世外桃源”的名号，试图渲染出一派清新高洁，而当人们遭遇了现世的复杂之时，也总在心中暗自向往一个“桃花源”。桃花源真的存在吗？或许也只有陶渊明能给予我们答案。

《桃花源记》中的桃花源，似空似幻，若有若无，直到文章最后，我们也不知所谓“桃花源”是真的存在还是幻梦一场。那儿与人世一样，却又十分简单，邻里和睦，人人平等。那里就如同乌托邦一般，只有善良与美好，没有黑暗与心计的存在。那样的地方，人人向往之。

东晋时期，政治黑暗、兵荒马乱、民不聊生，而陶渊明已归隐多年。身处于那样一个时代，他对战乱拥有深切的感受，可无论是谁，都无法改变这一现状。于是，他便在自我心中织了一匹最美好、最干净的布，画下了一个与现世完全相反的世界。

这个美好的桃花源在现实中是不可能存在的。最可怕的是当时的人心，那个时代的黑暗，影射的是人们内心的丑恶。因此，现实中的桃花源只能去幻想，景点也只能称为“名胜”，而非“世外桃源”。可桃花源当真只是泡影吗？大概不是。我们每个人的心中，都可以有一座桃花源，纯净而美好。我们生命的起点无法改变，但我们可以选择我们心前行的方向。让我们给自己的心留一些位置，不沾染一丝尘世的灰尘。

给心建一个简陋的房子

——读《陋室铭》有感

我常常在想，我们的心该用一个怎样美丽独特的居所承载。我总觉得每个人的心灵都那么特别、那么重要、那么独一无二，它们都应当被最好的事物宠溺着。可读过这篇《陋室铭》，我的看法又发生了改变。

刘禹锡身居于陋室，在当时黑暗的统治下，政治革新失败，被贬至和州，应当正处于人生中极为失意之时，可他写下了流传百世的《陋室铭》。屋子简陋破败，可屋中来来往往的，却是知识渊博之人，而悦耳的古琴音，配着佛经缓缓翻动的声音，在静逸之中，又藏着几分灵动。他在恶劣无比的环境中，悠然自得地充盈着自己。

我们有房屋作为居所，而心的居所或许就是我们自身了吧。“德馨”二字，说来简单，但它却是我们营建自身最重要的核心。给我们的心建一个简陋的小房子吧，不必再花心思来营建其外表，丰盈的品德，日渐深刻的思想，才是我们最重要的一片一瓦。

出淤泥而不染

——读《爱莲说》有感

周敦颐一生没有刘禹锡那般颠沛流离，相比之下，他更有时间与心情去思索人生的哲学。他在南康任郡守时开辟了一块莲池，他每每望着洁净高雅的莲花在微风中轻摇，便在心中生出喜爱之情，做下这首《爱莲说》。

周敦颐爱莲，大约也与其人生志向有着千丝万缕的关系。暗地里，作者以“莲”自喻，抒发的是他理想中自己的模样，他以“菊”喻隐士，以“牡丹”喻寓贵者，以“莲”喻君子，借此表达了他为自己设定的愿景。

不求名利、洁身自好，这样的人生追求放在现在也绝不为过，对名利的追逐，对财势的渴望，在现实一定会存在，可无论身处于多么污浊的环境之中，无论外在的客观条件是何等的恶劣，只要我们坚守初心，不断追求，也能如莲那般“出淤泥而不染”。

归去来兮

——读《与朱元思书》有感

这篇文章同样创作于南北朝时期，那是一个暗无天日的年代。人们想通过科举入仕来实现自己的抱负，想借此来改变家族甚至国家的命运。他们怀揣着一颗赤子心，奈何前途一片黑暗。有些人坚持着，在官海中沉浮，为了心中的小我或大爱；有些人离开了，醉心于山水，在一个截然不同的世界中追求属于自己的光明与纯洁。我们从鸟瞰与回望的视角，恐怕没资格去评定个中功过与是非，可说句实话，我被富春江那美丽的景色吸引了，若我生在那样一个年代，或许也会云游四海，然后找一个小小的地方待着，享受属于自己的、大大的幸福。常有些犀利的人说隐士即逃避的懦夫，他们面对黑暗，便选择远离。可我想，这并非懦弱地逃离，而是陶渊明的"归去来兮"，是心灵与本我的返璞归真。

吴均对友人朱元思的劝告，在我看来是正确的。回来吧，在这山奇水异之间，自有一番天地。换一种方式轻松而美好地活下去，不是什么坏事。

——陶渊明《归去来兮辞》所述：归去来兮，清息交以绝游。聊乘化以归尽，乐夫天命复奚疑。

片羽别绪

——读《相见欢》有感

时光从来都是不知疲倦的，拼命地跑着，从不停歇。一个王朝的覆灭，在那时可谓轰动世界。39 年，三世三帝，如今看来不过弹指一挥间。时间真像一只无法丈量其长宽的大鸟，李后主当年的那丝别绪离愁，或许也不过是一片小小的羽毛罢了。明明不起眼，却又藏在词里，藏在风里，藏在婉转的歌声里。

李煜或许从来都不想做皇帝，诗词书画，他自然很擅长。他注定是不适合做皇帝的。或许就是这样的情境，使他有了那别样滋味。

当一个人的能力不足以去担一份责任时，他大概很无奈。可他却不能如陶渊明或更多人那样，归隐山林，避不见世。不仅在客观上不允许，或许他在主观上也是不愿意的。对名利与故土的留恋，都是人之常情，更何况是含着金汤匙出生，享过半世荣华的李煜。百般纠结无奈，再加之丧权辱国之恨，担忧、悔恨、无力……这或许是哪怕喝下孟婆汤也忘不掉的离愁别绪。

对于一个人来说，这太大，大到哪怕一生都无法承载；对于整个历史来说，这又太小，小到连这个王朝都如尘埃般不起眼。春天总是会来，繁华与衰败总是交替进行，珍惜如今的一切，哪怕只是片羽别绪。

《森林之魅——祭胡康河谷上的白骨》读书笔记

……

仙子早死去，人也不再来，
那幽深的小径埋在榛莽下，
我出自原始，重把密密的原始展开。
……
以自然之名，全得到自然的崇奉，
无始无终，窒息在难懂的梦里。
……
从此我们一起，在空幻的世界游走，
空幻的是所有你血液里的纷争，
你的花，你的叶，你的幼虫。
……
你们的身体还挣扎着想要回返，
而无名的野花已在头上开满。
……
没有人知道历史曾在此走过，
留下了英灵化入树干而滋生。

——摘自《森林之魅——祭胡康河谷上的白骨》

王国维曾表达过这样的观点：当以“我”的眼去看待世界时，“万物皆着我之色彩”。在我的预期里，一首题为《森林之魅》的诗，当然是神秘而美丽的，或许还满溢着盎然的生机。可读罢，扑面而来的却是诗人覆着泥污的、混浊的、疲惫的双眼里那个寂静的绝望的世界。

这不是一个制造生机的乐园，而是于绝境外陷之更深的死亡的轮回。这是“魅”之所在，以幽绿之魅惑掩去遥远天光，放肆地掠夺，夺走生命，夺走真实。

这是诗人无声的、泣血的悲鸣，抑或抗争。诗人不为生存而痛苦，他将绽开的血肉祭与森林，权当辗转反侧里一场猩红梦境。诗人求索于“真实”。

森林确乎存在，叶有脉络，蟒象皆鲜活。可横亘于人类历史，森林成了另一片世界。战士们舍弃过去来到这里，他们除却苦痛、惊惧，加之濒临死境的饥饿感，他们也没有可称为“现今”的岁月。未来？未来是被无边际的绿色藤蔓裹得密不透风的。森林负责抹去你用血汗换来的人世间几道浅浅的印记，然后许给你美丽，绽放于空渺黑暗，虚无却惊心动魄。

这首诗于我而言，是绝境里借着确乎存在的痛楚，用滚烫的鲜血拼命书就的真实。矛盾永远引人注目，冲撞于认知世界的边界往往有灿烂火光。诗人拼尽全力，大多数挣扎在森林里最终倒下的英勇者仍落得生无痕迹的寥落下场。这或许是自然造化，在他们踏进森林的那一刻便封笔作结。可历史走过，字里行间，时间恳切地留下了自己的痕迹。

那便仍存希望：在绝对力量张着血盆大口叫嚣着吞噬着时，有温热的光穿过灵魂散落在枝叶上，以文字作载，归于繁忙却鲜活的人间。

木心说过：所谓无底深渊，下去，也是前程万里。

我想，我们总能掘出一道缝隙的。再森冷的人间，水永远冷，也能有热血沸腾。滚烫，明亮，真实。

读朱光潜《“慢慢走，欣赏啊！”——人生的艺术化》

我很少见过像这样的类比：艺术与人生，或者说，美学与人生。按理来说，艺术与人生应当是相互纠葛着的一种宏观的概念，二者皆包罗万象。可作者以类比二者的方式，将艺术裹进人生，将人生融于艺术，以情趣为载体，往人们的生命里浇灌进生动而鲜活的美丽。对美热烈且固执的追寻，是作者借此文传达出的一种生活态度。

摘抄：

> 严格地说，离开人生便无所谓艺术，因为艺术是情趣的表现，而情趣的根源就在人生；反之，离开艺术也便无所谓人生，因为凡是创造与欣赏都是艺术的活动，无创造、无欣赏的人生是一个自相矛盾的句词。

在该片段中，作者以极理性、缜密的思维论述了艺术与人生的关联以及对于彼此的必要性。当人谈及“人生”一词时，他本身便理应超脱“生存”这一状态：他已不必为存活与否而忧虑。“情趣”于此是一种表征，抑或是一把钥匙，背后是一个人面对生活的态度。人们拥有情趣、渴望情趣，实质上是对生活的热爱、对生命的珍视，又或者，是对自己人生的尊重。艺术诞生于情趣，而情趣的本质不过是用心地经营自己的生活，于荒地开垦，种下属于自己的一片玫瑰。懂得珍惜而怀抱热情地去生活的人，是真正地将人生过成了一首诗，于这颗星球上的“诗意地栖居”。

摘抄：

俗话说得好：“唯大英雄能本色。”所谓艺术的生活就是本色地生活。世间有两种人的生活最不艺术，一种是俗人，一种是伪君子。“俗人”根本就缺乏本色，“伪君子”则竭力掩盖本色。

笔记：

生活里常听人提到一句“艺术的加工”，好像艺术便是“不真实”的代名词。人们习惯于把艺术视作窗眇的半虚无。“艺术源于生活而高于生活”是不错的。可我见过太多曲解。艺术首先便是源于生活的。我做个通俗的比喻：人生是路，我们皆是行于阡陌的旅者。那么艺术是什么？是陌上花开，是眼角朗星，是微风和煦……是你路过而为之驻足的风景。它的形式有许多种，有些不可感也不可触，但我仍要坚定地说艺术是真实的。凭何而真实？不是美景本身，而是在你路经于此时，心头漾起的一阵雀跃与悸动。

这阵雀跃与悸动是确乎真实的，这份真实也由此点缀了你庸碌平淡的人生。我想这便是本色，善于开掘出掩藏于暗色日常中的艺术，而后坦然地去感受那一刻的雀跃与悸动。

我想说，人生最本初的真实，便是无杂质的、纯粹的好奇与欢喜。你可以说这源于童稚。可就我而言，这是无关年龄与阅历的一种生活方式，这是艺术。

读鲁迅的《华盖集》

坦诚地说，我对鲁迅的书，多少是有些畏惧的：一是因其晦涩的语言，二是为其深重的思想。可后者却正是鲁迅对于后人最大的魅力。我想去看看，在那个浓雾蔽目的苦难年月里，那束不甘示弱的灼灼光芒。

摘抄：

> 这正如折花者，除尽枝叶，单留花朵，折花固然是折花，然而花枝的活气却灭尽了。人们到了失去余裕心，或不自觉地满抱了不留余地心时，这民族的将来恐怕就可虑。

此集为鲁迅自选文集，收录了他自己整整一年的“杂感”。归咎于我平日里对历史关注不多，很难对那段时日中鲁迅先生的所见、所感感同身受。或者说，在一堆火烧尽的芜杂的余烬中，我的确能一眼望见鲁迅文字夺目的光亮，可也仅此而已，我看不懂、看不透这一份光亮。于是，我开始寻找先生文字里一些更为普世的东西，一些还未染上时代斑驳的边角，例如上段。

“余裕心”，这个词对身处几十年后的我来说，仍是一个崭新的名词。可它足够精准、深刻，一语中的也耐人寻味。这里的“余裕”，是留给时间的空白。不留余地的人，会莽撞地毁掉自己的后路，又拢起那片被摧毁的断壁残垣，阻塞住自己向外延伸的枝条，与纷繁世界草率地一刀两断，作为社会中的一员，他们却活成了一座孤岛；不给己事留余地，是挥手作别已与你隔着山水遥遥相望的未来，用自己的一时懈怠或过度满溢，以己之行动去否认己之价值。再者，留下余裕，也是留下自己在未来里尚未知的可能性。“活气”是个洋溢着少年气的词。而所谓少年气，又总联系着好奇、冒险与敢往。“余裕心”也的确是这一切的必要条件。因为留有余裕，所以也得到上苍的厚遇。因为留有余地，所以未来你始终去追逐、去拥护、去热爱，去你计划里与计划外关于美好的一切。

若换个角度去思考，这便是长远的眼光、发展的眼光。目光短促者囿于眼前小利，却不给予事物进一步发展的空间。这不仅是对自己事业的深重打击，从此埋下隐患，同样也阻碍着一个民族与国家的创新与发展。

倘若你甘心做一汪死水，在极年轻的年纪就将人生填个满当，那么你的人生也就止于这稚拙的一片死寂。留下自己孩童般的余裕心，再带着一路摸爬滚打下早已熟习的练达，在嘈杂的世界里做个天真也蓬勃的大人。

苦难中的光

——读《故乡》有感

说实话，鲁迅的文字一直是我所敬而远之的，不因其难懂，也不因其篇幅长，而是字里行间透着的深沉，令人肃穆也难以接近。如今，我耐下性子读《故乡》，却在令人绝望的苦难中，意外看到了缝隙间生发出的光芒。

这篇文章在我看来是在记叙一个悲剧，或者说是用一个又一个人的悲剧串连起的悲剧的时代。杨二嫂为生活所磨灭，过着辛苦恣睢的生活，在那个当下，有成千上万的人在乱世中迷失了自我，被物质金钱吞噬，心在角落里悄悄溃烂。可每个人都自顾不暇，没谁来管一个偷偷腐化的心。更叫人悲伤的是闰土。鲁迅作品中的闰土，更像是我们身边的某一个人。我曾在《少年闰土》中见过他年少时的意气风发，那种烙印在灵魂上的鲜活，永远留在鲁迅心里，也深深影响了读者们。可《故乡》中的闰土却变得让所有人都不认识了，神情麻木，寡言少语。他说是“懂事”了，可灵魂上的鲜活却已经死了。这是时代铸就的悲剧，是伸手不见五指的深深绝望。

可依然有光。

“希望本无所谓有，无所谓无的；就像世上本没有路，走的人多了，也就成了路。”的确，没有理想没有追求的人也可以活着，浑浑噩噩地、麻木地活着。可哪怕在最灰暗的时代，也有成千上万如鲁迅一般的人为了心中的光芒前赴后继，披荆斩棘。当他们为了理想决然冲撞命运时，壮烈就有了最美的色彩，冲突中便迸发出伟大的光芒，而悲剧，也就拥有了最高层面的美感。只要这个世界上还有一声这样的呐喊，还有一个这样的人，这个世界就还有希望，苦难灰暗中也依然有光。

一只鸟一辈子栖在大树的阴影之下麻木地等待死亡，这不失为一种活法。可连鸟儿都知道，活着，就要向往天空。

“先有现实还是先有诗”

——读《春之祭》后对历史、艺术与战争的浅思

我们永远不能抛弃历史，因为只有紧攥着岁月洪流间唯一亘古的真实，人类才有底气走向未知。

我们所知的不一定真实，可只有真实才是历史。我们总是这样，一路寻找，一路开拓；一路捡拾已知，一路创造未知。

陌生、遥远与不确定才是人类的归途，这恰恰是人类需要历史最恳切的理由。

如何关联历史与艺术？

所有艺术皆是，或必将成为姿态美丽的历史。倘若历史是纵横维度里屹然岿立的城墙，那么艺术则是绽于宫垣一隅的玫瑰。它们共同建构成辽阔的浪漫与细碎的现实，于地球之上造就出一片熙攘人间。艺术是美丽的历史，历史是厚重的艺术。人们用百花大教堂的穹顶替代方寸天空，抬眸便望尽了沧桑年岁。紧攥历史且向往艺术，万物将奇妙壮观。

如何关联历史与战争？

读毕此书，我认为战争是人类历史中残酷的必然。我们在岁月更迭间学会缝合层层伪装，却戒不掉镌于本性的争夺。有人举起兵刃去割裂贪婪，最终割裂了时代。

没人能够忘却第一次世界大战，它是历史的伤痕。可在我看来，第一次世界大战的兵刃割裂了泛黄的蚕茧，人类于疮痍之上新生。硝烟迷蒙了贵族的双眼，满地是破碎的旧日奢靡。被枪炮声唤醒的深夜恍如白日，推搡着溺于梦境的人们步入下

一场众生的晨昏。造物借人类的智慧与贪图，生生辟出一道铺满血肉的新路——奔流的江河哪会允许任何一粒涓滴停伫！

倘若人类有一部完整的历史，那么每一场战争皆是一纸造化弄人。

如何关联战争与艺术？

这是《春之祭》里最动人的笔法：借艺术写战争。我方才说，第一次世界大战是历史的伤痕。的确，战后人们触碰着它狰狞的纹路生长。可这样动魄的故事，作者为它造设了一场穷极浪漫的起始——芭蕾舞剧。我不认为那是一战真实的开端，可它真实地成为时代的缩影，像是被反复摩挲的纸张边沿，最真实却被忽略，也是翻至下一页的必经之路。

战争是残忍的艺术，抑或是具有艺术性的残忍。鲁迅曾言：悲剧将人生中有价值的东西毁灭给人看。而战争，由无数悲剧构成，永远走不到皆大欢喜。现实主义者会在此时讲出“必要”二字，可我不会认同。一场战争，会碾碎多少本该悠长遥远的“一生”？我不否认生命的脆弱性与战争的必然性，可我在乎那尚未抵达的经历，关于任何人、任何事。我一度认为这才是人类世界的源头，假使人间不再发生故事，人间便也不再似人间。战争在创造一场盛事，可我不喜欢其对待生命与经历的轻易。它在创造也在毁灭。

思索至此，我似乎触及战争与艺术的几厘边界：与惯常想到的美丽暂时无关，只是发生情绪。被弃于永夜的人，会格外渴望一盏灯。战争炸毁人心中的太阳，于是星辰的碎屑都显得弥足珍贵。人们穷尽一生拼凑好残破的太阳，拂晓将至。战争在此刻被涂抹成艺术，它使衣衫褴褛的幸存者，渴望着满目疮痍的明日。人类被迫新生。

我仍然认为不值得，可战争与艺术都有代价。历史是人类留恋的故园，可我们只剩下开拓未知一途——未知也终将成为历史。

回到最初的问题：先有现实还是先有诗？

没有答案——历史永远只是过程。

浅析生命与功利主义哲学

——读《骆驼赋》有感

曾经，我看不懂黑格尔的那句话：一个民族有一群仰望星空的人，他们才有希望。可如今我想，在那片浩渺的沙漠之间，我有幸与这群人相遇。

《骆驼赋》中其实着重刻画了两个人物：队长与驼工。对于这两个人，或许大多数人心中已有了高下之分。但在我看来虽做法、结局皆不同，他们同样演绎着生命中最悲壮却也最美丽的一部分。

驼工，这是一位十分典型的具有歌颂价值的人物，本文看似赋“驼”，实则颂“人”。在历史的长河中有太多如驼工一般的牺牲者，可惜他们没有驼工幸运，他们连名字也没有被记住，他们或许都很单纯，也并不富贵，只是在漫漫人海中浮沉。可也正是这样的人，才真正懂得平等与尊重。生命是一件多奇妙的事物，而人又是最智慧之一。何谓智慧，无关学识，无关地位，在于人性。一个能为骆驼献出生命的人，或许在某一层面上来说并不聪明，可他的心间，却永远盛放着一株美丽的花，这便是人性之美，甚至超越了生命本身。

谈到那位队长，他的核心信条是“衡量正确与错误的尺度，就是大多数人的最大幸福”。因此，在一只骆驼与大多数人的生命以至于中国的未来之间，他选择了后者，因而放弃了骆驼。或许站在骆驼的角度上，队长是一位恶魔，可其实他是一位伪装成恶魔的天使。以大多数人的善为终点，他甚至间接导致了一人一驼的死亡。但往往，前去拯救骆驼的人带着崇高的生命意义死亡，而放弃骆驼的人却能带领众人在绝望中寻出一条生路。

这到底是在揭示人性的善还是恶？我想终归还是善的。驼工用生命守卫人性的美好，队长以毁灭自身人性的方式战胜死亡。我不愿过深探寻以恶魔之姿战胜恶魔之人最后的结局，至少队长用自己的泪水成全了大多数人。在历史的进程中，他们皆是仰望星空之人。

生命本身没有意义，赋予其意义的是我们用一生以自己的方式执着，只要我们对希望仍有向往，那么在一番血泪后，在一片黑暗中，都仍有希望。

残花

——读《武陵春》有感

李清照的一生无疑是传奇的，她用一生去体味世间的百态。从优裕闲适，到颠沛流离，可能真的只有一夕的时间。

这并不是普通闺怨诗所能媲美的，字字句句中，道尽了人间莫大的离愁，事事皆休，国破家亡而夫又去。春天已要离去，可又似从未来临，景物年年依旧，枕边人却已不知去向，春景也不愿再去观赏了，那无色无形的离愁，是怎样都装不下的。

李清照的诗词我已读过多次，事过境迁，她早已不再如早年那般闲适，丧夫而又流离失所，一切都完了，最令后人感叹的是，这样至纯至美之作，往往得历尽苦难，才可得到。

我并不愿对李清照的人生多加评论，她或许也是不愿的。可我想，再多的愁苦，如今也只剩感叹，残败的花儿，依旧有着独特的美感。正如此词一般，那愁思万千，不也是世间深情的另一般呈现吗？

对责任之苦与乐的思索

——读《最苦与最乐》有感

初读此文，我以为作者是要阐释两个平行的概念，充其量，让它们形成强烈的对比，但始终必须隔岸相望。细细品来，与我最初的猜测大相径庭。在梁启超先生的叙述中，最苦为“负责”，而最乐是“尽责”，它们非但隔岸相望，还有着千丝万缕的联系。

我认为作者想要告诉我们的，是二者间的转化与因果关系。责任是我们的人生中必不可少的一部分，人生在世，就拥有属于自己须尽的责，基于这种认知，作者的观点便极易理解了。责任是无法推却的，人生没有绝对的轻松与快乐。而此时，尽责的过程是苦的，但苦在一时，我们在此过程中获得了自己价值的提升，也将在尽责后享受其所带来的轻松感与成就感；反观之，若一味逃避自己的责任，或许便要一世承受来自良心的谴责，获得长久的痛苦。

这件事是容易想通的，可我忽然意识到：大多数人却并未尝到未尽责带来的巨大痛苦与折磨。我想，这或许是因为如今的人们精神生活普遍趋向“平庸化”了。由于信仰生活一再失落，人们甚至已丧失对“责任”起码的认真态度，反自夸于无精神压力或信仰的所谓“精神自由”。这样的人用一种蒙蔽自我的方式来逃避责任，就像用毒品来麻痹自我神经从而获取一时欢愉一样愚昧。

的确，这样的人感受不到“负责”带来的“最苦”，却也一生无缘于“尽责”带来的“最乐”。怀有强烈社会责任感的人，的确会常皱眉、常忧虑，却也因此而常思考、常进取，他们因负责而痛苦，却也用这痛苦换得了一场精神的洗礼，一次灵魂的升华。当社会出了问题，他们与社会共忧虑、共进退，于是当社会拥有了进步，他们也能从中寻到自己的价值所在。我个人认为，这样的快乐，比庸碌一生而无大悲大喜要来得有意义些。更多地愿意承受负责之苦的人，是那些关注自己独立的精神探索与文化创造的人。或许这样的人在追寻中会遇到许多困难，可他们要对自己尽责，于是他们在属于自己的领域里从事着独立的探索与创造。只有情愿承受那“最苦”之人，才有资格享受后续的“最乐”。

我相信，人生最乐的事来自自我的满足感，正如同尽责的过程，它为有精神追求的人们提供了一个追寻自我价值最好的机会。

穿过黑暗的夜

——电影《摔跤吧！爸爸》影评

我是在很早以前看的这部电影作品，却因各种事务所累，时至今日才下定决心提笔，说说这部出人意料的印度电影作品。

《摔跤吧！爸爸》是一部印度电影，细细想来，一部呼吁女性自由的电影出现在印度，也是迟早的事。印度女性地位低，世人皆知。印度的制度，造成了这样一个局面：富人比穷人富裕太多，男性比女性强势太多。所以，这部电影一经问世，震动了整个印度，也震撼了世界。

关于片中的爸爸。他是一个令人钦佩的人。他曾走上巅峰，也曾受生活所迫，向现实妥协。只有希望，他从未放弃过希望。他将自己的期待投注于女儿身上，而后倾尽毕生所学，去实现一个看起来不可能的梦想。我钦佩他两点：其一，所有第一个把“不可能”变成“可能”的人，都是日后千万个梦想的缔造者；其二，他把摔跤这件小事，足足坚持了一辈子。虽然他的教育方式有我不认可的地方，可每个逐梦者都值得所有人的鲜花与掌声。我曾读到过林清玄的一句话，适合所有做着一个惊世骇俗的梦的人，包括那个想让女儿成为摔跤手的印度爸爸：万一，我们终其一生都无法抵达那终极的梦土，我们是不是可以一直保持对蓝天、阳光与繁花的仰望呢？

关于片中的女儿。

看过剧情的人都应记得，感动自不必多说，我的重点也不在于此。观完此片，叫我当真感触良多的，其实是教育。这部电影主人公——阿米尔·汗饰演的剧中的爸爸马哈维亚，向印度人展示了女子的另一种可能性，这不错，可也仅仅只是可能性。在我看来，被迫嫁人与被迫摔跤，皆非自己的选择。如果是我，我不会愿意代替父母实现他们的梦想。可换言之，这是在印度。一个可能性就像火种，终有一日会起燎原之势。只不过这不适用于中国。我想，父母应当给予孩子的，同样是可能性。我告诉你哪条路好走，走哪条路是你的选择，这已经足够了。

总而言之，在伸手不见五指的黑暗中，这个电影是一束微弱的光，他不够完美，却足以点燃穿过黑夜的希望。

白马葬歌

——电影《八佰》观后感

隔着一条苏州河与英租界相望的四行仓库。租界里歌舞升平、京戏鼓响，人们打牌、吸烟，将战事当作难得的谈资；租界外是残垣断壁与灰白的仓库，兵士们一面垒起防事，一面将最后的生命进入倒计时。外国人漠视，商旅者慌逃，学生们在河岸举幅呐喊，被收编的逃兵们不愿赴死，奉行军令的战士不屑于活，为父者念子、为子者念亲、为夫者念妻，遗书、呵斥与逃亡在仓库的各个角落里轮回。回溯 1937 年十月枪响的前夜，我想问：为什么他们要死？

是宿命吗？

1937 年的中国，生命像是一个又一个轻易在风里消散的玩笑。在国军大部撤离后，上海已经成了废墟，人命似鼠似沙，一个人的骤然倒下不过又一场落日那样只道平常，枪炮初歇的战场上的死亡算都算不清。军人不被允许进入租界，这几乎等同于以上海城为棺，人能够选择的只有死法，没有死活。

被日军捆在木架上当作沙袋的战俘、空房内背抵着门的逃兵，他们是被高尚的人道主义扫落的尘埃，在生命的最后瞬间体味相当于百年之久的煎熬绝望。

会有人为他们叹息吗？这声叹息是死亡面前最廉价的怜悯。

是使命吗？

英租界内的中国人开着双方输赢的赌局，人们在荒唐的人间学会漠然以自护，军令正以庄严的口吻宣判忠诚者的死亡。

是谁为这群壮士书写了命运呢？他的命运只是时代交响里一粒微不可闻的鼓点吗？在被重炮炸毁的城池里，他的生命是一首军歌还是一个谎言呢？或者再直白些问：他的牺牲，又换来了什么呢？

影片在一位战士空芒破碎的眼神里沉默发问，而后又借战士之口给出了答案。

“四百人是不可能抵抗敌军的，我们的希望是仓库背后、彩灯环绕的四万万人。”军人的使命是保家卫国，可渺小的一人一枪击不穿历史的厚壁，他们以身为盾，于人前高歌——他们是时代的序曲、革命的先声。他们的心脏点燃了炬火，他们的怒吼唤醒了人民。他们的死亡不再有个体意义上的平衡，烈士的胸膛里盛着未来某一时刻的太阳、群星与自由得彰的祖国。

他们的使命是要让穿过租界铁丝网的那一双双手，举起明日的红旗与钢枪。

我们可以因为这样的使命而将他们称为英雄吗？

《八佰》里没有一个完美的人，可几乎仓库里的每一个角色，都各自完整。鲜血染红了班长的衬衣，他的青春是烈酒与硝烟；从农村奔赴上海的青年只想见见世面，他厌倦争斗里无常的生死，却一夜学会了给子弹上膛；结伴的少年日夜痴望灯火陆离的对岸街市，年长的那个穿上军服告诉弟弟，“我死了你就接替我的位置”；被收编的逃兵不会一夜摆脱本能的怯懦，他在柱后蜷缩两日，在撤退时却选择留守；租界里替家姐管理赌场的青年玩世不恭，可脱去西装、划指血誓也只需要几分钟决定，他带着一身的子弹与电话线跑过苏州河上的石桥。

他们当中的大多数人本来既无英雄胆，也无英雄命，它更像是一次生硬的意外，值得某座砖房里咬着烟蒂的唇齿翻出几句粗鲁的咒骂。之于过一日算一日的各色人生，“使命”一词像是不合身的宽服。

可战争向来不会过问所谓“使命”承担者的人生的合理性，它只是无可回避的单选问句：是为民族存而自死，尽管未来尚不得知；还是待民族亡而偷生，哪怕尊严尽失？

他们每个人都给出了答案：贪生者赴死，念家者殉国，怯懦者义勇，稚幼者夙亡，怀疑者坚决，安居者越桥；短视者见天地，沉沦者终苏醒。

我想，英雄并不都依循着人们期待的轨迹成为英雄。英雄不是神选者既定的宿命，而是一次凡人艰难的抉择。

他们像是在与你我擦肩的某某瞬间，从人群奔向河岸的战场、自我的坟场。可也正是这些燃烧着的凡人躯壳，横亘于岁月、闪耀如丹辉，与人民沸腾的精神，可以最终战胜船坚炮利的敌人，也足够与时间的永恒宣战：后继者以我之血衣为战旗行进，我便在善于遗忘的岁月里永远年轻。

他们的血肉会建起民族的长城，他们的英灵会在历史的星空重逢。我说那些青年永远年轻，不在于他们的生命轨迹在1937年的定格，而是因为那片经壮士鲜血沃灌的祖国大地会永远承载那一夜八百胸膛中跳动的温热。

赵子龙的白马自千年岁月深处奔来，被抽象为永恒的造物新染上几道革命的血痕。中华民族在个体生命的消亡中亘古，又在新生与觉醒中传承。总有人做好了死的准备，于是民族永远有热烈的生的希望。

写到这里，故作高深的结尾实在显得赘余。我只是想起影片最后租界里的孩子向战士们敬的军礼，四万万的希望大抵全在于此了。

致敬烈士，致敬英雄，致敬军人，致敬所有满怀希望的人民。

观影《姜子牙》

《姜子牙》讲了一个能在叙述半途就猜中结尾的故事：救一人还是救苍生？何为天，何为道，又何为神？我看过的许多批判也都着力于此，它落了窠臼，叩出了一个俗套的问题。可我最喜欢的恰恰也在于此，它诚恳到几乎笨拙地捧出了一个裹着经年热血的观点：苍生，从来不只是一个群体概念。

在代代文人墨客的演绎中，被广泛认可的道总是无情道，就像那位华发缠金骨的师尊的教导，“斩除他者恶，也要斩除己之善。”可仙风道骨间总是挟着广袖长剑，一蓑一棍一渔翁，也能是至尊的上神，似乎最终问鼎大道的，反而最像凡人。这个矛盾与前文所提到的苍生之辩共同牵出了一个值得思考的问题：中国的哲学教尽了人如何做人，那么在这套逻辑里，神该如何做神？

姜子牙给的答案很简单——像做人那样做神。从封神榜开始，人间是先有人再有神的。至少在我理解的中国神话里，自然意义上的世界与人间是截然不同的概念。盘古开天辟地，女娲造人补天，而商周之交封的神又与前者产生了一定的割裂。前者身融天地是为创世，后者以己证道是为成神。也正是因此，中国的神仙总是和天道过不去，总是剑指苍穹，总是在两难中挣扎。神不是天生的，神是踏着世间百苦登天的凡人。

同为类人而超越人的幻想造物，东方神与西方神的一大区别也在于此：比起肉体与欲望，中国的上神们拾起的是千万儒生百年难就的终极使命。苍生有百苦，君子当济世，这才是商周之际诞生的神迹——在伟大的自然面前，人类选择了相信自己，相信自己身前或深衣广袖或铁甲血污的凡人英雄，于是便有了脉络骨血里传承的生命自觉。

在这片土地上求仙问道，就像是那份血脉里流淌了千年的使命，寻一个能为粗浅世俗所理解的由头；也像是某个乱世里，俯首于书案间的儒生道者近乎无奈的前朝之思。

神在“命不由天”的人面前似乎也不算高不可攀：身居庙堂则为相，流于江湖则为侠；不得道者求经问道，得道者登仙成神。为相、为侠、为神都是一样的，说尽了也不过一叹苍生。

忠善坚韧，身不由己也奋不顾身，偏要在生死轮回的宿命里逆天辟出一个包裹大地的上界，无情道修到最后总要以己心对万物苍生的深情涤尽恶念。电影里那个沉默的中年人，曾在通天的阶梯上像草木般纯粹地生长。

与浩瀚的天地相比，人的确有如草木浮尘。而成神成圣，总是世间对浮尘几乎可称妄念的信仰。可也就是这团簇浮尘，这弹指便挥去的段段百年，让草木、峰峦与世间万物都向着天穹蛮横地逼近——华夏的神话里，总是那树那山，那终剥落成泥尘的血肉撑开了一方天地。

“神仙不骗人吧?”

“我不骗你。”

神也总归是加于外在的一层身份，道只在我心，在苍生黎民；在血涌成河的乱世里，书就于墨的希冀。

观音乐剧《巴黎圣母院》

今天去看了音乐剧《巴黎圣母院》，对埃斯梅拉达出场时反复唱到的一句歌词印象犹深：我的掌纹里写着命运。

好像没有人能说清“命运”是怎么回事，教堂钟壁上抑或流民掌纹里，它对美丑、爱恨似乎一视同仁。于卡西莫多而言，这是背着烧灼皮肤的火焰去靠近一场无望的爱；于弗罗洛而言，这是将爱当作伤痕，要把那迎着日出翩跹起舞的身影拉入自己的长夜。

人的心可能承受的绝望是有限的。海绵吸足水后，即便海水从它身上经过，也不能再使它吸进一滴水。

埃斯梅拉达死了，海绵就吸饱了水，对堂·克洛德来说，人世间的一切也就成了定局。

想说说副主教。我认为在这一角色的塑造上，音乐剧是要超越电影的。丹叔的身形高大，可那个副主教一上台，便是一种摇摇欲坠的破碎感。他几乎当了一辈子神仆，聆听神旨、诉诸世人，看起来足够体面高贵。但这样的工作换任何一人来都行，他的一具肉身反而在一生里显得微不足道，他带着信仰而来，却使信仰凌驾于人格之上。

这样我便更理解他对埃斯梅拉达偏执的爱。他在心田上建了一座辉煌的教堂，把其他一切身为人的感受封存于砖石下的泥泞中。他试着从中抽离出神圣如赞礼的爱，却难免裹挟着欲望、私心与罪恶。

他只对埃斯梅拉达说过“爱”，同其他人都说“我想得到她”。或许那也不是爱，只是神的不忠诚的仆人在信仰的善面与憎恶的恶面之间，找了一个听起来美好一些的罪名，去遮掩那几乎要将他焚毁的欲望。

> 故事发生于美丽的巴黎，时值 1842 年，叙述了爱与欲望，无名艺术家运用意象和诗韵试着赋予它生命，献给各位及未来的世纪……大教堂撑起这信仰的时代，世界进入新的纪元，人类企图攀及星星的高度，镂刻下自己的事迹，在彩色玻璃和石块上面。

其实剧里给我留下了最深印象的，是那位吟游诗人。音乐剧《巴黎圣母院》选择了无对白的叙述方式，吟游诗人就成了那个讲故事的人。他并非撰写史书的人，只游离于巴黎的街头，在每段或动魄或平淡的故事里扮演并不重要的角色。他向往美人、嘲弄丑者，走进流民的宫殿或午夜的妓院。他唱那座教堂，唱巴黎的城墙，唱纪元更迭时人们的恐慌，唱卡西莫多的月亮。我想，比起投入生活，他更偏爱观察人类——以他自身全部的欲望，去揣度一个时代。

那么接下来的问题是：为什么选择诗人？一个散漫的下等人、孱弱的流浪者。在我看来，第二幕伊始的一句歌词，给了我答案：

> 圣经扼杀教会，上帝向人投降。

副主教属于中世纪。他的灵魂被锁在教会中，锁在那身带兜帽的黑袍里，他的束缚从来都在身后，因而他一辈子像身前的马利亚祈求自由也无济于事，当爱欲汹涌来袭，他仍然自觉罪恶难恕。

诗人则几乎完全与他对立。他同流民一起狂欢，为了逃避绞刑欣然与埃斯梅拉达成婚。他似乎没有忧愁或愤慨的情绪，只在嬉笑间歌唱旧日的挽歌。连流浪者都能轻易判他死刑，他几乎一无所有，除了自由。

在这样一个时代里，教会失去圣经的庇护，文艺复兴举着十字架歌颂人欲。倘若世人受束已久，那至少在诗歌里，情绪应当压倒规则。爱与恨、美或丑，裹紧的教袍和袒露的肉体，都是人性。正如海报上写着的——“天堂地狱，皆是爱情。”

属于这个时代的声音，不应是上帝的意旨或者君王的诏令，而是个体的欲念、人群的呐喊。那位流浪诗人，身披遥远星辰。

其中也有几首歌，能与如今的时代发生共鸣。

> 我们是外来人，非法移民，男女老幼们，无处安身。（《非法移民》）
>
> 圣母马利亚，听我说话，拆下我们之间的高墙，我们本是一家。（《异教徒的圣母颂》）
>
> ……

雨果已逝，但人们永远需要《巴黎圣母院》。

观音乐剧《玛蒂尔达》

以下文字，我希望每一位家长，以及每一个还记得自己曾是孩子的人，都能读一读。玛蒂尔达拿孩子的画笔涂抹了三个故事，或者说是以三个故事，串起了一个完整却并不完美的童年，但也是精彩纷呈、灿烂可贵的童年。它用鲜明的色彩，去反抗庸俗与刻薄的厌恶。（这本身就是极具反差和讽刺意味的表达）

即使世界晦暗可怖，童趣与无法拘束的生长仍然可爱。在芜杂如乱絮的人间，书籍、知识与天然的善良，都值得期待。

玛蒂尔达常常说："这样不对。"在遭到父母的无故辱骂时，在被校长的粗暴责备时，在她认为"不对"的时时刻刻。

从教育与成长的角度来说，我们的父母皆是出于关怀与爱，可是每个孩子的童年都有裂痕。这个世界上没有一种爱，能够完完全全不使对方受到伤害。因此，我们应该教会孩子表达。在教会他们用包容热爱世界之前，要先告诉他们用抗争捍卫自我。世界如此斑斓，我们要先让他们欣赏自己的色彩。勇敢地呐喊，真诚地理解，温柔地欣赏。

玛蒂尔达是独一无二的天才小孩，是被父母厌恶至极的怪胎，也是一个渴望被爱与认同的五岁小朋友，也是我们每一个人。哈尼小姐是全世界最好的老师，是在压迫里变得懦弱的女孩，也是一个温柔地欣赏美、爱护童真的人，也会是我们每一个人。

故事的结局有些出乎意料，不太合常理，但足够快乐。我认为这是刚刚好的处理，小朋友的故事就应该永远圆满。

我想，能在还是小朋友的时候看到这部剧是最好的，但一生中的任何时候都不算晚，可以是明天，可以是现在。

最后，读到这里的每一个人，我要告诉你：感谢你从过去长大，感谢你一路不屈服于恶意，感谢你终于成为自己。

“你是奇迹”。

FIVE

▶ 随笔

高一开学第一周周记

9 月 1 日，本该是一个很普通的晴天，可那如旧斑斓的阳光里，却被赋予了格外丰沛的意义。它开启了一段崭新的人生。

校园里耸立着的“红”，于我而言并不陌生，它曾作为一个立于天际的载体，装着百年来带着墨香的岁月悠长，也盛着我初中三年里闪闪发亮的向往。我曾无数次靠近她，却直到今日，才真切地走进她。走进明亮温暖的教室，走进注定的大雨将至，走进我曾缀于天际的梦想。自即日起，“二中人”这一名号也成了我可向外人言的骄傲。

我曾以为高中不过是年龄渐长后对初中的自然承袭，可直到真正步入高中，我才明白，高中并非与初中直接挂钩的一段简单的学习生涯，它使我作为一个成熟而独立的个体而存在，是人生真正的起始点。比起学习知识，更重要的是学会自主学习，自高中披身的技能，大抵真的能泽被一个人一生。

高中无疑是辛苦的，九门功课与骤然加深的学习难度，的确成为我心头一块沉甸甸的负担。可这是人之骨骼生长时粗粝的痛楚，只有背负过此等重量，才能学会如何去做一个练达且骄傲的大人。高中的意义，绝不是止于记忆里如山的试卷与习题，它不仅是青春昂然的盛年，也是一个人人生开启的伊始。

高中并没有那么难适应，你面对的仍然是青涩却满溢少年快意的同龄人，总能轻易相顾展颜，总能轻易行至熟稔，轻易握拳，也轻易许下一生挚友的诺言。我不知道多年后我们能并肩共历风雨，还是相隔重洋，各奔东西，这份情谊总是珍贵的。

它纯粹得像夏日午后天际的云，无关名利，只是共历诗意，共生欢喜。

这是青春最动听音符的起始音，我自红砖的罅隙间望见“未来可期”。走吧，趁着秋色正好，走进风里，走去光里，走到山顶。

周记

我常觉得无可记述：日子过一日是一日，平淡且繁复，充其量再添上匆忙。不过这一周，倒是有几句可写的。

周一那天我病得厉害。这种情况已许久未见：头痛、发烧、耳鸣……大约是要我把过去三年未受的苦痛在几日内尝尽。我当然尝到了痛楚，食之无味、夜不能寐，味蕾上翻腾着腥味儿，合上眼，眼前便是暗淡的红，意识被痛裹住，自己都不愿意清醒。可最让人难受的不是这些，而是心头压抑的负疚感。多病一天就多掉几节课，每每来到学校，总能收获一叠空白的试卷，可到了下定决心完成时，又虚弱得有心无力。我在害怕，我害怕我趴伏在原地时，曾与我并肩的人却已在向自己的未来疾奔，远到我已追赶不上的程度。

我失措地去寻一座暂时的伊甸园，于是一头扎进书里。倒算得上是不幸中的大幸，家中那一柜子书，我终于有时间去翻了。书里有另一片辽阔世界，不必去忧虑未来，只需追随书中人物的悲喜。周二时，看到木心在《琼美卡随想录》的一句诗：“我不能歆享你们的赐予，因为我活在自己的光里”。于是我又忽地释然了：何必去思索他人未来光耀与否，我需要的是为自己的未来尽全力。是否与他人并肩不应成为衡量我合格与否的唯一标准，应该去想想，我仍然走在当初心中向往的那条路上吗？我成了我自己所向往的远方吗？我真切地喜爱木心诗里的自若与坦荡，就像他曾在书里说过的：“纵是深渊，下去，便也是前程万里。”苦难是宿命给予的淬炼，顽石于烈焰中沉寂，朽木也在炽热里湮灭。只有利刃，自痛苦灼烧而终得锋利。

我们要有自己的光，不被天亮天黑打扰而顾自敞亮，不疾不徐但拼尽全力，为自己的未来与远方，为自己的前程坦荡。辛苦之累，也要努力地让生活蓬勃且生动。

但愿我能化作夜，而我却是光啊。

关于母语

母语从来不能用“汉语”“英语”来界定，其意蕴也并非“方言”二字所能囊括。既托于“母”字，“母语”一词便生而有了一种温煦与神性。母语是造物予人的荫庇。如果说“母亲”是人一生里始终温暖熨帖的身之去处，那么“母语”则是一群人共有的精神归宿。她照亮了本蒙尘的族之过往，她直接勾连着每个人童年的山林沟壑和悠久遥远的岁月漫长。使用母语，是暂时超脱己之渺小，立于永恒的路口，与蹁跹岁月一次亲昵的对话。

母语之载体是具通识性的，村落间老少皆能言。可母语也独属于每一个旅人。异乡里，当听得那一句至亲切的乡音，你心头汹涌着的是仅归于你自己的欢喜与确信。母语是人孑立于世时，与骨血归处始终牢固而温热的联系。

母语其本身也是一个偌大的容器，容万物纳古今，她细致妥帖地替每一个人保存着岁月里你与世界的一切关联。她古老而原始，与火种一起作为神的恩惠降临于世，一声带有乡音的叹息，可能包纳着千年前鲜活的悲鸣与喧愉，可能是记忆里的山路迤逦花团锦簇，也可能是一整个灵动而繁盛的故乡。她记录着族群之古今，也将你的一生娓娓道来：生时那脆生生的啼哭，动时稚气地咿呀学语，渐长时常在傍晚听见的朗朗书声……母语，是故乡里一草一木，也是生于故乡的你的一生。

母语总宽宥离乡人的淡忘，她知道当母语再度于他耳边响起时，他会脱去异乡里熟而生巧的练达，青涩而热烈地热泪盈眶；母语承载着古老的文明与新鲜的希望，她总会携着多年来墨客哲人清醒的思绪，还有无数唇齿间倾吐的款款眷恋，一并交托给你古老也年轻的辉煌。

母语，是千年来未醒的温软梦境一场，是自万年以前照进现实的灿烂天光。

写于2020年最后一天

今天大概是很适合做个人年终总结的日子，但我没找到什么值得总结的、足够陪我抵达新年的回忆。说起来也算是一件怪事，明明2020年的艰辛跌宕是需要写进人类历史的——病毒、洪水、烈火，哭号、死亡、反抗——365天而已，却很像是一个漫长的世纪，或者一个人短暂的一生。

但属于我的个体回忆就像是武汉前几天的那场大雪，风裹着冰晶激烈地撞击窗户的玻璃，然后坠落、消融，然后留下一小滩轻易就拭去的污水。

我没有被烈火烧热、烧烫、烧到溃烂，也算是挨过了高三一半的重压。上半年主要在床上度过，下半年主要在书桌前度过，见过清晨五点的月亮和深夜十一点的月亮，也偶尔在成堆的试卷中抬头看一眼太阳。可这一切随着时间流走了，留下麻木与静默。

就是麻木与静默。

2020年，两极的冰川还在消融，我的躯壳里似乎有一条冰河正被封冻。记忆停留在某时某刻的感受上，比如二十多天没出家门的我呆视卧室里的白墙，又如机械般地提笔、落笔、漠然上交一张答卷。我好像见证了三百多个纸上的拂晓与黄昏，我又好像什么也没见证。对我来说，2020年我存活的凭据锐减：忙里偷闲翻了好多本小说，到头来连主角的姓名都没记住几个；把属于来年盛夏的理想贴在书桌前的玻璃窗上，也小心翼翼地捧着，生怕父母、同学声音一大就将它震碎了。“一切都要为高考让步”，可我排除一切杂念的那份期待好像逐渐冷却了，剔透的冰层留不住明亮的日光。我为了目标情愿放弃一切从前想要的，但说起来，那个目标与未来我也不知道自己是否真正想要。无非就是将既往优秀者的青春碎片拼拼凑凑，缝合出一份体面的所谓理想。我们趋之若鹜，我们遍体鳞伤。

综上所述的种种思绪，也终于让我赶在2020年的最后一夜整理出了答案：渐渐地，我在奔忙中丢失了自我。

新冠肺炎疫情中的恐惧与死亡的震荡是第一回，社会的新伤卷着沉疴翻涌是第二回，匆忙间来不及顾盼就抵达的高三是第三回。我不成熟的自我保护机制，以遗弃自我的方式保护了满载理想与希望的航船，船上不见舵手。

还有，原来高三并不是一条名为学习的幽暗窄廊，我清晰地感受到它作为高中的句点的重要意义：有一些幼稚的欢乐正与我错肩背行。可高三似乎连欢乐都是浪费时间。

话说到了这里，是些牢骚也不只是牢骚。毕竟新年新气象，2021年，我起码要恢复对光明、痛楚、人际关怀的知觉，起码要听见内外两种声响——嘹亮的自我，喧嚣的浮世。

接下来要继续用力地痛着哭着奔跑着，哪怕只为了一个目的——365天之后的年末牢骚，多些选择太多、学业太忙、北京太冷的虚伪烦恼，而不是在2021年的尽头，让打碎的手机屏和我一起为2020年的错过流泪。

既然不想在明年哭着写总结，那就踏碎风浪、登攀层云，将深浅沟壑一齐用录取通知书填平。

暂时想不出真正属于自己的理想也没关系，为理想做好准备也是很好的。如果你真的有耐心把我的牢骚读到这里，那我真诚真诚再真诚地祝你新年快乐、万事胜意——像在书里看过的诠释那样说，比你所期待的最美好还要更美好一些。

国庆感怀

他们从遥远的灿烂中走来，也从百年的苦难中走来。他们在战后伤痕累累的废墟上升起红旗，在英灵血沃灌的土地上筑起广厦。他们迈向死亡，然后热烈地生长。我几乎可以说，中华民族在 1949 年经历了一次重生。

如今还尚未走到最好的时代，但总算是粗浅勾勒出了一幅盛世的模样。很幸运，我和我的祖国都正年轻，是新树初茂，是朝阳初升。

“国泰民安，山河无恙”，在我这里，这句话从来不是铿锵的宣言，而是在某时凝望东方那些徐行远去的身影，隔着千百年的岁月，轻声呢喃出的答复。

父亲

父亲是一把伞，童稚的我们会以为他在我们的头顶坚不可摧，风雨间巍然屹立不倒，殊不知白驹过隙，这把伞会老、会旧、会折、会坏，他会因自己的不经意，把水抖搂到你肩上。或许我们会委屈，会埋怨，会仗着他的不离开而无理取闹，可这个世界上也只有这么一个人，把为你遮风挡雨当作自己毕生的责任，哪有人会不爱惜自己，只是你很幸运，这个世界上有一个人，比爱惜自己更爱惜你。

难忘那日洁白绽放峰顶

今年夏天，顺着几位作家书中的只言片语，带着懵懂又模糊的期许，我去了位于四川省西部的稻城亚丁。因来此地不过是一时兴起，匆匆而至，我们甚至未料及这趟旅途是经由最原始的路径，和着石子与泥，攀至海拔4000米的峰顶。当然，我也未料及，我追寻亚丁的星辰而来，却寻得凡尘间心灵之明亮超越星辰的人。

历时三个多小时，我们艰难地攀至峰顶，可我用筋疲力尽换得的景色，却不如想象中美好：四面皆是游人，踏在颤动的花木上，摆出各式样“到此一游”的姿势。我们只好避到一间破落小寺，只盼能暂得清净。

可我未料见里面盘腿坐着一个人：皮肤黝黑，身披砖红色藏服，双眸紧闭，神态虔诚——虽说他的脸分明面朝那面已有些许墙面裂开的墙。他似是听见了我们的动静，睁眼扭头转向我们，顿首，算作招呼。我实在耐不住好奇，便上前与他攀谈。于是我更惊讶了：他能说一口流利的汉语。

“先生坐在这儿干吗?”我问。“祷告”他答。“什么?”“向仙乃日祷告。”我是知道仙乃日的，那是藏民信仰的神山。我也刚见过此山。它巍峨于游人五彩斑斓的冲锋衣后，是大多数人来此必留影的“景点”，在午饭时间受到的关注远比不上最终会落在地上无人识的饼干盒子。“这看不到仙乃日呀?”我仍然好奇。“这面墙外便是仙乃日，我朝向它。”“你在祷告什么?”我最后一次发问。“愿屋外的人顺遂安康，愿世间罪恶皆得救赎。”

这是出乎我意料的，他的回答。

说罢，他便闭上眼继续凝神祷告，我却由此深陷沉思。我从来不信神佛，但也厌恶打着游玩旗号对别人的神圣轻蔑亵玩之人。可他，那样一位虔诚的仙乃日的信仰者，却对世间一切，包括那些不敬于仙乃日的人，怀有如此深沉的悲悯与爱。这是我第一次看到，鲜活于我眼前、不含丝毫杂质的信仰。因为信仰，所以没有恶念，只有圣洁的崇高的向往。他的世界是干净的、纯粹的，不染凡俗，不囿于利欲，眼前无佛，心底有佛。只有这般洁白的、芳香的灵魂，才可以在风中谛听千年梵语，超脱庸碌。抬首，是柳梢的月与檐角的星。

下山时，仙乃日仍巍峨于眼前，远方经幡飘荡，我又忆起了那句“愿世间罪恶皆得救赎”。我始终难忘那样一个存在，因为纯粹而质朴的善良，我相信他哪怕居于方寸陋室，也能沐浴盛大而灿烂的佛光。

我相信，哪怕一生平凡甚至困顿，他也会始终宁静，始终善良，始终明亮。

灿烂的纯白

——记 2018 年最后的一场雪

新年的钟声一起，人间裹上了同天空一样洁白的清朗。

武汉是很少下雪的，在我有记忆的年月里，总共不超过十次。在一个“雪”被更多地用作形容词的城市，一场纷扬的大雪，更像是一个可触的旖旎梦境，抑或是身临其境于旧照片里的雪景。我喜爱这一场雪，更多的是源于这样不期而至的惊喜。

这场雪来的时间极巧妙。2018 年 12 月 30 日，它在一年将涂满浓墨重彩的画卷上翩跹而过，划出一道亮白的尾迹。若把书写着时间的纸铺展到夜空里，在亘古的宏大中，这一天是渺小、短暂，却惊心动魄地美丽着的流星。带着些微的挥别时光的愁绪，也带着来年未知的欢欣。雪至前近十日的寒冷，在推开窗的这一刻，都被赋予了名为“等待”的美好意义。

在我的认知里，雪是岁月的使者。它更多地存在于人们闲时的遐思里、相册的照片里、冬日的愿景里。我们的人生好像就是在这样的周而复始中被经历。在遇到下一场雪之前，你已经有过无数次相遇。当世界被染作纯净的白，你走过这样铺天盖地的空白，上面已然写满了你的回忆。人们喜爱在难得的美丽的寒冷里，去热烈地爱。

雪被赋予了太多象征着欢喜与美好的意义，有雪的冬天适合去爱、适合团聚、适合拥抱、适合相遇。人们会在美丽的纯粹里找回自己的纯粹，像幼时第一次看到雪那样，只有最单纯的向往、最简单的快乐，深冬本寂寥，可深冬里的雪是将至的春提前投注到人间的天光，未怠的生命蛰伏于其间酝酿新生，雪是希望，是沉寂的冬里不管不顾的兀自明亮。

跨年的那晚到处都很热闹，本该彻头彻尾剔透着的银装素裹，如今染上了不少闪烁着的斑斓。絮般的雪花路过结着雪的晶莹的窗，天生裹挟着浪漫。是夜，他在氤氲的街灯下顾首，雪落在他发梢和肩上，于他眸底洒下一片被揉碎的星光。

他说新年快乐。

一位老师的印象

我初以为她是一个极严厉也极刻板的人。她说“不需要和老师做朋友”，她也不太爱笑。见她的第一天，我有些害怕她，也不太喜欢她。

其实，对她改观并没有耗去多久。约莫两节课的时间，我便已被她独到而精妙的授课方式所折服。她的课堂给予了学生最直观易懂的语法知识和大量的自主学习时间，从报纸阅读到英文歌，她没有一句闲言赘语，她只是用自己的行动，将英语学习融进了我们的点滴生活。

更叫人喜爱与神往的，是她除却“英语老师”这一身份外所拥有的斑斓而灿烂的人生。她曾向我们展示过她游历于世界各地时拍摄的照片，其中没有我曾设想过的自然风光或繁忙都市的车水马龙，她的照片里，有崖顶一群人聚在一起，有简陋的锅与帐篷，有单薄木板下的水流湍急，有许多平凡的异国人的身影。或许是当下太多人都忘却了旅行真正的意义，包括我自己，都奔忙于景点与纪念品。而她，却在真正地旅行：去寻找自己安放在异乡的勇气，去与更多的美好相遇。

我还记得常常看到她在有阳光的下午坐在学校的长椅上看书。她喜欢穿色泽艳丽的裙子，有精致的领口，或能够随风扬起的裙摆。她的确不常展颜，但我常能看见她眼睛里潋滟的光，在她上课时，在她说起旅行见闻时，在她专注地看着书时。

如今看来，她不能被单一地刻画为严厉、刻板或勇敢、丰富。她是一个认真地生活着的人，一个有能力把黯淡而平凡的日常照亮的人。

关于吴筱颖

她是特别的。

少年人能在定语前缀上以“年”作量词的交情是珍贵的稀罕物，我和她的交情的确也不止一年，她自然是最特别的。我喜爱赞美众生，喜爱为太多人堆砌隆重或者芜杂的辞藻，那么临近着属于最特别的特别日子，如何显出这样一份独一的特别好像显得尤为重要。无论怎么界定，这篇挤着千来字的小文章都只能算作埋首市井与庸常的随笔贺文，那我便试试去暂且丢弃裹着我们周身，甚至牵连着皮肉的生活，只去讲她，用第三人称讲她，讲我与她无论怎地切割也纠葛在一起的少年时，讲我所认知的关于她的一切。

她和我最近算是重逢。三载朝夕被只一层楼的来往人群搅得七零八落，我曾悲观地认定渐行渐远的必然，倒是忘记去想一段被人为加固而不可轻易磨灭的必然：始终记挂着的，就是堪抵岁月的情感。我不轻易相信世间因果，总觉成事在人。可每论及与她相关，我又情愿笃信宿命，与那么好的她始终亲近，我卑劣地盼望这将是永恒的必然。现今看来我好像已了却一半心愿：一起去做一件事，一直一起去做每一件事，这是我和她敌得过时空撕扯的习惯使然。

写到这里好像有些离题了，本来是基于祝福她而生的文字，却花去了大段篇幅去讲我的愿望。那我说回她。真正亲近的人，到底很难用精确词汇去描摹。她在我的生活里，太具体也太鲜明。但还是要尽力说，毕竟这是一份好用心的礼物。

温柔于她是珍贵的品格，因为一汪温柔聚在她眸子里，便能得到超出太多人的漫长存在。我说的温柔倒也不是时刻如水、如缎的脉脉深情，只是在遭生活劫难之时，她总留存着一份柔软：不怨恨一切，仍热爱许多。她一定是受造物主偏爱的孩子。造物主把冗长的时间揉碎成诗句，一条一缕地铺进她灿烂的明亮的生命。看见她了，倒不觉得有日子苦短，只是每一分每一秒都漂亮得像未拆封的礼物，总是值得期待的。

近日她又为自己的生命添置了几段生动。书里的爱恨都是美的，它们都与现实有分明的距离。人人为之向往，并不奇怪。于平铺的字句间想象最美好是她可贵的才能。可我要说的不是这个。我想说她也有距离，一段独特的生动的引人追逐的距离。我以为这是世间最难得的。一个人是由于一个火炽的自我而具吸引力的。她像是暮霭沉沉里一轮漾开的明月，或是漆黑天幕中映在旅人眼角的星。她所受人喜爱全不是源于谄媚或奉出特立独行的自我，去将自己的棱角切得吻合世俗刻下的模；而是始终守护着自己精神疆界的独立与独特，真实而耀眼地存在着。她倒是个永远浪漫而自由的人，我相信她永不畏惧追逐，永不畏惧飞向遥远天际的太阳。

作为朋友，我当然揣着一份对她的爱。什么是爱呢？我想爱是愿望而非本能。爱是只消共处一刻便能使我轻易地开始畅想永恒的喜悦心情，爱是轻松的芬芳的融于空气的一段氛围——相处时的氛围。基于我所界定的爱，我当然盼望她健康快乐，有能力给予爱也值得被爱，快乐里最好有我参与，可是没有我也要始终快乐。生活太值得了，有值得爱的许多和被挂在口边的“你”“我”，她当然要热烈地生活。我始终盼望她再英勇些，与她现在无畏与否倒无关，只是生活始终不那么容易，英勇而积极总是好的。没有那么英勇也没关系，我没那么厉害，可是一起面对苦难的承诺还是敢许的。我自私地在她的生日为自己许一个愿望——又说到我的愿望了——我希望我和她能始终是好友，能够做彼此相似又独特的另一个自我。好贪心，可毕竟是愿望。珍贵的她的生日应当也是珍贵的特殊的日子，这一天于我总该是幸运一些的，因为她是我珍贵的人。

没想到不知不觉写了这么长，虽然没讲什么、逻辑还有些蛮不讲理。可总算是认真写下来了，哪怕付出的是我直到十点五十还没开始背《琵琶行》。“纸短情长”四个字是不错的，或者我还是嫌纸短，还有许多话没说。第三人称是种好奇怪的表达，不知道写出来效果如何——不求其他褒扬，但寿星本人的认可我还是想获得。觉得写得不好也没关系，说到底也是头一次。写得不好，就下一次再写——一辈子还长。

如何结尾呢？引一首诗送你吧。送给“你”的，很直白很直接的礼物，我换回第二人称了。

“去吧，但愿你一路平安，桥都坚固，隧道都光明。”

听好了，一定要很快乐啊！

胡菀书

说文科生

我想文科生中更多的是，情愿将劫难与云翳作比，将脊背与远山作比，将瞳孔与星辰作比，也将倏忽而去的一生，写作无可触碰的永恒。这与理科生是截然不同的——后者要在人类短暂的一生里，以对未知的探求与无可辩驳的研究成果来延展生命，而前者则溺于永恒的错觉中，试图用美学的无序性来混淆长梦与真实。前者并非对人类的渺小无知无觉，只是选择了独属的时间计量方式，企图以渺小碰撞宽阔的宇宙与流淌的光。这几乎是不同维度的认知中的“漫长”，可如果让我选择，我宁愿打乱现实中金属色的秩序，以填塞那不以人类命运为始终的艺术生命。我想做深知现实艰涩的理想主义者。

我想那是拂晓将至时的星光——像是夜里被揉碎了再洒满天穹的太阳。生活不该是情绪的容器，而是遭磋磨的艺术品。

无论择文择理，除却追逐自我的意义，也该记得看看人间好风景。

鲜红

——参观红安

我们的国家是诞生在残垣断壁中的，这一点极为独特。无须重申爱国教育的重要，这天生被种在每一位生于长于祖国的人的心底。可仍要重温历史，去那片旧日的废墟与弹片中汲取力量，去翻开那本浸着温热鲜血的书册，它是有重量的。

14 万，这实在是个惊人的数字：也许我们一生的相逢或擦肩，加在一起也不足这个数字。而这足以成为一个人一生遇见的人们，却俱为那场战役献出了生命。中华民族是由英雄的血肉搭起的城墙，在这里，英雄从来不是被奉于神坛的个人，英雄是每一位旧照片里曾生动地活着的青年人。纵然他们的生命长度同百年相比短暂了些，可他们都成为历史上属于中华人民共和国的灿烂勋章。他们用鲜血浇灌的那片沃土永远宽阔无垠。中国是由人的脊梁筑起的辉煌。这抹热烈的滚烫的红，足以成为一个小县城永远伟大的理由，也能够成为我们永远追随这一段伟大的理由。

我们要学那份热爱，也要学那份鲜红色的英勇。

今天的红安晴朗，几缕云絮像是白鸽的尾羽。

小思教育

教育与发展的先决条件，是不要让最天真的孩子对社会的现状失望，不要让青年失去抗争的勇气与力量，不要扼断先醒者的喉咙，不要辜负逆行者的期望。百年前的鲜血被洗去，有人正用灿金色的糖衣去包裹腐烂，又有人要拿今人的鲜血，将十字架浸染成猩红的罪恶。不要让书页悲鸣、文学失信，人们仰首四顾，竟无人能够窥见隙中天光。

至少在此刻，我能够感受到这个国家的希望只在于那群不畏生死的人民。对，竟然可以不畏死，竟然需要不畏生。

以爱为系　未来可期

或许我们都曾如一颗颗孤单的星球，在漫漫长夜中踽踽独行。幸而，我们都如此渴望温暖，渴望被爱，渴望承担，渴望追逐。于是，我们逐渐成长，逐渐明了“责信”的意义。责信，是在成长中爱自己，也能于付出中收获爱的能力。由此，我们开始向往，开始寻找，开始学着以己为光，努力把黑夜照亮。然后，我们相遇，无数道微光汇聚，我们便可用爱，串起一片粲然星河。这是责信的力量，这是爱的力量。人生如寄，感谢爱与责信造就这美丽若此的相遇。愿我们携手践行责信，在最好的年华成为最好的自己，不惧前路漫漫，只因一路前行，但求未来可期。

小时不识月

这是我第一次给你写生日贺词，所以有些苦恼要怎么写。我不算很了解你，因而我写的这一堆文字，不是清清楚楚地描摹你，反倒更多在写我的回忆，关于你。

我一直喜爱慨叹时间：曾经以为漫长至永恒的故事在我来不及做反应的过往里悄悄结尾；我们和许多人走散，又遇见更多人。我惯于怀缅握起的手掌中央早已淌过的汩汩流水，极少去思忖“此刻”。因而我的文思常为曾经的友人潮涌。你却是少有的例外。我在我现下所认定的最幸运的时日与你真正意义上结识，也因笃信未来有你参与而十足期待。换言之，你是我目前最珍重的朋友之一，也是色泽最鲜丽的一部分，更是构成我对不远未来的期待的一部分。能拥有现在的生活实在是我的幸运，这一份幸运与你有关。

刻意去想你的时候，不知道为什么就想到了开学以来的那么多个夜晚。我总认为，夜晚是私人的所有物，每个人的夜晚都是。但最近的记忆里那些被黑色的天幕裹住的夜晚，是同你一起度过的。那时候，盈满拥挤方块又自窗檐窃窃逸出的皎白灯光像是月的清辉，窗外是月亮，窗内也是月亮。从前倒是没有这种感受，如今有这样的想法，我想也与你有关。这是我实在不好意思当面讲的话：你当是落地的月亮。李白诗里说“小时不识月”，虽已过了不识月的年纪，可我还是不自觉遗憾，遗憾怎么没有在不识月的年纪先识得你。这话说来也不客观，你哪里只是夜里一轮小月亮呢？你分明也在白天住进灿烂的日光。

若说生命力是在人间流淌的银河，那你定是其间最明亮的一段织锦。要祝福你，我知道已有太多人的太多厚望压在你肩上了，我不能残忍地在予你的祝福里写自己的愿望。可我的渴念也是迫切的。我当然乐见你行至众人期待的穹顶，我会为你拊掌庆贺，可出于私心，我舍不得你一身比月色更生动的纯粹：我祝你，永远蓬勃，永远快乐，永远不在世俗里被迫长大。

在风与树皆显得温柔的仲春，我们极力将一场澎湃嵌入一纸迢迢庸常，用最快乐的一瞬去衡量永恒。

生日快乐！

中秋随笔

(一)

窗外树影疏朗，枝丫循风摇晃。

中国人喜欢过拥挤而明亮的节日，灯火辉煌，沉夜如昼。可中秋一直鲜见人群与灯盏。这不奇怪，中国人当然自古习得宽阔博大，四海为家、九州天下，可中国人的精神往往是生长式的：由己至小家，由家至天下。天高海阔，也要先寻得舟楫。中秋也无须焰火，它本就在庆一盏明月。那是天际完整的发光体。

我想，留恋光明的人，无须热爱中秋，无须向往月亮——如今的夜晚，城市像是坠落的银河。向往月亮的人，是在渴望完整。于国，海晏河清是完整；于家，儿孙绕膝是完整。归根结底，许多节日皆是夙愿未成。中秋，是人们盼望着团聚。

人常常幻想永恒，又珍视短暂。人们用一个个茂盛的瞬间堆砌成亘古。因而，每一瞬的风光都被灌注生命，晨光熹微里，有层峦将醒，海棠未眠。横亘于漫长岁月，永恒是一截栽满花的城墙。

做人间的发光体，也许是让光芒穿越百万光年，去救赎遥远的另一场黑夜。由此，我们短暂绽放，长久存在。

今夜清朗，月亮派遣秋风来亲吻人间。夜幕下铺开一张薄雾，缝隙间嵌着细碎的星光。

（二）

层峦将醒，海棠未眠。

我听见窗外树叶摇晃的声响，像在急切地翻动书页。不知道它们会否览尽人间的往事，那些恢宏的爱恨与流淌的岁月，也许它们见过，也许它们记得，也许所谓永恒，是一遍遍新生。

人类向来擅长记忆，也擅长遗忘。

窗外树影疏朗，枝丫循风摇晃。

（三）

满月周身裹着青烟，一烛诗性燃过了千年，像是忽然烧起莹白的圆融的光，照亮了一隅长夜。

远处的青山暗淡，但顶峰上的塔楼和着欢笑声闪烁着光艳。再远些呢？再远些，云层垒好峰峦，月宫摇曳桂影，光亮映照天穹。地上的人望天边，总觉得那是另一处圆满的人间。

歌者

我的神明踏着云的脊背在天际相遇，撞进横亘在年光间的歌声里。

伟大且拥有日光的颜色。自此刻起，再过一昼夜，会不会是上世纪的某个明天？

脆生生落地的高亢是具象的辉煌，是自远古来的，聚于额间的焰火。有人讲歌者是离诗人最近的角色，我要说，歌者也最接近缱绻的月，最接近凛冽的风，最接近白热的旧日子，最接近宏阔的明天，最接近缠裹着锁链的古神。他们唱有声响的火，他们唱看得见的永恒。他们唱深夜里碰撞的梦想，和黎明的晴朗。

时间无法左右热爱。那何谓热爱？热爱是流淌着的永存。热爱带走了时间。煮一盅陈年热酒，浇湿金属色的薄凉岁月，再汩汩淋透骨血。

明亮的今夜，要明亮至下个百年。

歌与琴声

镜头滑至舞台中央之前，台上便传出小提琴声，弦啼的第一声鸣就已经洗净了先前我对力宏老师所有没由来的偏见。像是裹着海水的玻璃，被高举，又轻巧落地。

黑色的方盒子里盛着海的尽头，暮色里与天际交汇时铺张开深深浅浅的光线。四人披着天地间初升的光。

忽然听见泰坦尼克号的汽笛声，由远及近。被留在时光深处的声音确是遥远的。我的大船驶来，满载遥远的光。歌者是在五分钟里穿越时空的旅人，捧一汪分明的鲜活的过往。

我心目中最美丽的时刻是将流逝而过的一刹那，撞在一起的岁月的边界。只来一瞬的流光，会在回忆里拓上朦胧的永不褪的色彩。可是歌者，歌者一把握住流淌的光，拢成一段剔透的旋律。将已逝的辰光在现世延长，把刹那留作透明的亘古。

拂晓时天没全明，未落尽的月被天幕泻下的海色的光淋得湿透。我在去未来的一瞬，看见歌声与提琴声留住昨日的月。夜幕上的光源也渴望被照亮。

明明来自海洋，却恳挚歌唱日光。

音乐剧云次方

为什么我的心滚烫
嫉妒被我留在遥远地方
音符像跳着神奇舞步
背后他想必也苦痛

在此处，爱慕萌生的先决条件是成为对手。嫉妒因音乐的禀赋而起，也因音乐的共鸣而被故意遗失。如果说这种嫉妒的情绪是闯入他人的音乐世界时，被自己的骄傲撕扯的痛，那么挣扎于嫉妒，终于将之遗落或抛弃的过程，说得再浪漫些，就是爱。

他的音乐带着魔法
卷走我争斗的欲望
让我沉迷让我心动
却让我乐在其中

云次方从来没把彼此当成敌人，可爱与起初的认同或敌视无关，他们的爱是相互理解，是势均力敌。

继续给我伤害
让挑战臣服于浪漫
答案

还要继续
你已在我生命
种下妄想 多渴望

我太喜欢这一段了，恰到好处的张力，绕梁三日的延展性。天才往往孤独也傲慢，伤害正是来自于此。于音乐一途，谁都想去最高峰。

可人也爱看上位者受难。末代帝王、穷途英雄，此时的傲慢被浪漫逐至绝路。这不同于任何一次简单的握手言和，而是你递出一团火，我接住它时也勾住你的食指，殊途在指隙交叠，我们在余烬里说永远。这种爱几乎带着自毁，把绝望写成一首灿烂的诗。

继续给我伤害
美好到甘愿被打败
一切如你所愿
你已在我生命
种下妄想 不退让

爱是违逆本能。鄙贱者争权、上位者臣服，布衣加冕至尊、王冠坠入泥泞，爱让这一切都主动。于是，渴望伤害也妄想美好，到头来还要别扭地加上一句：如你所愿。世俗被放弃，彼愿即为己一生所求。

这就是浪漫，让情绪战胜理智，幻梦摧毁现实，再将附生的哀痛切割为美。

“不退让”，对峙意味着难再相离，宁可妄想博弈难解，也不要现实轻易决断高下。

我说他们也怜惜彼此。这更好理解了，我们拾得一片叶子，爱它鲜嫩或陈旧，爱它的美丽与时间赠予的象征意义。而怜惜是唯独你一个，将叶脉当作裂痕的缄默先兆，在这样的恐惧下，你不过是逃避为自己超出世俗所理解的爱做出界定的规则，想找个合适的理由揽他入怀。

两位先生烧灼灵魂的唱法，是要在时空当下的限制中，至死不渝地寻找永恒。

用声音追逐光

明亮，恢宏而明亮。郑云龙的歌声是有光的。那并不是温煦日光，而是金属色的，属于利刃的锋芒。可也不止于此，他是一个朝向天地的歌者，一个歌咏无限的歌者，将之囿于锋刃，即使赞他世间至锋芒，也看低了他。他的剑锋，指向陆的彼方，指向海天一色，指向云翳尽头。从某种意义上，说那是日光也不错：破开天幕的乍起天光，浸渍金色的明亮，不容分说地争夺着听者的所有感官。他的浅吟低唱，不经意地描摹着太阳神的行迹。我热爱他的歌唱，不过是向往光亮，追逐信仰。

他的歌声里也不只藏匿神性与光芒，他最为珍贵的，是他的纯粹，是一碧万顷葳蕤至无尽远方的纯粹，是巍峨辽阔疾奔直抵窅眇天际的纯粹，是激越的纯白的纯粹，是明朗的鲜活的纯粹。他的声音好像是个矛盾体，纯粹又丰盛，既有一派天真的灿烂，又好像承载着数不尽的故事。在音乐的国度，他是神，是星辰，也是少年人。

当我们说一个人的声音具有可塑性，依我之见，有三大特点：故事性，感染力，画面感。他的歌声安放着每个人的痴狂与跌宕，每个热烈的欢喜的追逐着的过往。毋庸置疑这具有极强的故事性与感染力。那么属于他的画面呢？不，那不应该被浅薄地称为“一个”画面，他分明生动地、具体地勾勒着一个崭新的世界，一个铺着阳光的天地，一个属于星星、梦想与澄澈的爱的国度。他是我的王。

他是云，璀璨盛大，似饱蘸明媚霞光；又柔软清昶，像睡着的一轮月亮。

这一生，我都随你歌唱高远梦想。

十年少年梦

“没有遗憾。”

十年有多久？十年是年少一起走过的夜路，看起来比坠在深空的月还遥远的岁月；十年是用全部余生也诉不尽的过往；十年是捧着一颗滚烫的心，唱完一首歌。我始终相信，歌是现实与梦的交界。不是现实的终点，而是梦的起点。梦会生生嵌进听者的灵魂。

我是幸运的听者，我比初认识他们的每个人，多出一整个冬天。我知晓一瞬间里住着三十六个温热的灵魂，我知晓一瞬间盛着倥偬十年，我知晓一瞬间是神明煮好的回甘苦酒，我知晓一瞬间淌着用梦照亮的无数晨昏。他们唱光芒万丈，他们也唱过往，过往照不进几缕光，只有难堪的重量。

枯夜等来了拂晓，礁石等来了远方的汽笛声。而我呢，我等来了春色，等来了峰顶生动的亮黄。

我仍要说，他们是我的小青果。分明唱得用力至沧桑了，他们自己仍不愿毕业。

说回到梦。梦是潦草青春里最珍重的事物，梦是夜里一段脱世的绵长，梦是疾奔时在身旁后退的排排葱茏，梦是造物颌角滴落的盈盈绿意。梦是绽着天光的云层。“满船清梦压星河”，造梦者逐梦，追光人成为光。海面氤氲着露重雾深时未散的水汽，忽然坠落一缕歌声，砸乱星辰亘古的行迹，荡漾一座水中城池。

城是少年时用梦筑的国度。

窗外有稀疏几粒星，屋里也是星星，簇拥在一起的有声的光芒。“就在这瞬间”，策马驰骋过整个世界。我不说梦醒，我们只是去了梦境深处。

梦境深处，光有来处。

愿你一生活过，终于怀抱太阳。

SIX

▶ 歌词/小诗

归途

辛亥初遇　新雪初临
尚存稚气　眸藏朗星
熏炉镌名　隆冬生暖意
残留余烬　祈盼贫者添新衣
猩红凄迷里　枪声撕破长夜寂静
隔天地　将青涩眷念传递
仓促别离　山高路远借信系亲昵
殊途里　寥寥字句便可暂得欢愉
齿牙春色一如旧　纵有疾风起
今而硝烟忽四起　少年仍澄澈明净
暴雨时见剔透窗棂　明媚里望游曳云影
战火数载冬春去　少年尚未知愁绪
课余只知锦书谁寄　隔着时间数着字句
留瘠薄人间一方温煦
曾居伊甸　好梦将醒
良善悲悯　皆成祭礼
也曾无惧　可共度夜漆
陌路再逢　未料故友已为敌
兰桂旧故里　明眸蒙尘失焦距
人子立　恨意却已无从根据
求学黄埔　手染泥　却自骨血里干净
盼归途　可再一同跌入月色清寂

虞姬哀切叹息未尽　现世只许我留剑伴你
陌路里故人难寻　血海里抵死相依
仓促书就白首约定　墟莽间仍妄求归期
守着寥寥几颗星　绝境盼不来黎明
倘若爱到拼尽全力　或许也可撕裂宿命
烽火灼耀映眼底　换刹那潋滟光影
下一世定奔至山穷水尽
换一句终不负卿
你是我　怅惘时　兀自敞亮的欢喜
你是我　跌宕里　始终热切的执迷
我托穿堂风　向你诉恳切字句
无缘相守　只盼至少留你一人　余生无虞

飞向永无岛

新月偷偷地攀上树梢
路尽头的狭窄房间灯火明耀
早春的夜半有冬日留下的料峭
少年却热切歌唱年少
已习惯踽踽行过长夜寂寥
在黎明同初升的太阳一同燃烧
把隐痛当作翅膀生长的前兆
追逐梦是最快乐煎熬

像是原野的风牵起发尾在耳边留下一语喃喃声轻悄
像是落地的星荡漾一池春水与游曳的鱼一同舞蹈
夜行的航船是要遇见拂晓
将苦难顿作颂歌韵脚　也赤足踏过汹涌浪潮
拿一生澎湃诉尽一棵树正逐阳生长繁茂
少年总不甘渺小
梦境深处的地界格外丰饶
只身想要阔步至云霄　作植物也向往空杳
一句偏要　偏要飞离现实里的浊流与泥淖
作夜幕间的万物光照

十年行过算不算迢遥
同路人捱过潮汐也渐寥寥

人皆说疾风吻过的脸颊易老
你奔来却仍明媚样貌
不知你会否怀念旧日青韶
和陪你的梦沙沙作响的林荫道
便撕开暮霭向天幕借一盏文曜
再撞进星辰既定轨道
眸同碧空比澄邈
终于把所谓痴妄写进今朝
只身终于阔步至云霄　身微小却飞抵空杳
一句幸好　幸好从前盼望过挣脱现实泥淖
把迟来美好一一遇到
夜行的航船到底遇见拂晓
温一壶月光　再把酒熬始终向往世界广袤
跌跌撞撞闯进半日晴朗终是雨霁雾锁
树梢坠着月皎皎
于宽阔海面酝酿一场风暴
写童话的确须得趁早　趁仍鲜活尽掷分秒
要活得热闹也不曾失去与岁月对峙的骄傲
那就启程飞向永无岛
是际遇奇妙鱼与飞鸟
微红耳郭掠过风萧萧
定要陪你飞到永无岛

而你如昨

抬眼看　星烁烁
海风缠裹一段绵长执着
把冗长苦楚唱得明媚活泼
青稚梦想未被冷落
等十年　未满座
流年也遭烈烈热夏烧灼
烧起一片悲壮的阴差阳错
岁月仍不改凉薄

曾虔诚等一粒星坠落
只一叶孤舶　也要挣天高海阔
背脊总挺着　似远山轮廓
年少灿烂也窘迫
时光奔徙却常起风波
当大雨滂沱　淋湿一簇灯火
一树梨花落　人潮疾掠过
少年十载如昨
掩埋怯懦
妥帖安顿誓诺　再将手紧握
兀自跌进夜幕宽阔

曾一同　做梦过

黝夜与拂晓终相距不多
再迈一步便行至日色灼灼
只问前程不言倘若

终寻得一粒星的下落
只一叶孤舶　也挣得天高海阔
少年正远行　留下一纸传说
山巅是你的王座
时光奔徙也终于停泊
曾大雨滂沱　却浇不熄野火
一树梨花落　晚风吻过耳郭
眸中星未降落

三旬未至
谁说只有妥协才算是生活
辰光易逝幸你如昨

超喜欢你

I remember you in my mind
透过玻璃
目不转睛你眼里星辰交替
Please stay
在我的人生轨迹
我知道　我眼里只剩你

是不是因为是我你才关注多一点
犹豫不决想对你说的话又拖一天
你眼波流转微笑转头　那一面
初见那一眼将你牢牢钉在我的心尖

想拥抱你在寒风刺骨的夜里
怕流言伤你只把关心深深藏进眼底
关于你的每件小事我都铭记于心
以后当作回忆和你去聆听

和你在一起的每秒还没分开就回味
划过的指尖交错都绽放出玫瑰
想说的话日积月累都堆成堆
堆成温暖满满把你包围

和你飞过大半个地球
手心的秘密是握紧你的纽扣
都属于我的你记录在 go pro
独占你的温柔我比国王富有

From nothing to one
Everything goes better with you
You awoken my heart
You’re the one I have been looking for
What is love? With you
Love is everywhere

如果你需要我可以为你脱下外套
别再寻找只是在原地不停地绕
你想说什么，什么我都知道
合上双手为你祈祷

看着你的眼睛看到我就在里面
无法言喻你带来的特殊体验
你的样子每天在心里刻画好几遍
我不知疲倦

情绪透过我们的心和眼睛慢慢积聚
日积月累执你手写出一字一句
跌跌撞撞所以我们不期而遇
兜兜转转你的身影挥之不去

共你走过疾风骤雨也走过花海万里
因为知道是你我就在这里我会等你
多么想把每个梦都捏成你的样子
全部都是你　无论昼夜交替

遇见你是我人生里程碑
回看之前岁月沉淀斟满一整杯
那些过去的往事都在回忆里成灰
经历太多我懂得有你才珍贵
路途再难渡我总会追上你的脚步
最重要不过有你的每个朝朝暮暮
再成熟对你也从无套路
故事回到最初对你仍一见如故

超喜欢你像无所畏惧万夫莫敌
超喜欢你像上天恩赐百无禁忌
超喜欢你像有且只有你是独一
超喜欢你像难遇知己与你促膝
超喜欢你像万物生长生生不息
超喜欢你像鱼离了水不能呼吸
超喜欢你
我超喜欢你

（注：这首歌词是胡菀书与 ginger 合作完成）

千日红

正经过空荡街市
风卷起层叠往事
仓皇数载像新过一日
铺陈半纸　也不过年少一场荒唐情事
记得他眸藏星子
黯淡年岁被照得灿若白日
要写不结尾的诗
将理想烧得灼炙
把自由唱到力竭声嘶

可聚散终有时　终了脱去青稚
才知离别不过寻常事
没人讲过终止　也有山盟海誓
但爱却在不期中遗失
曾经胶漆爱侣　如今只算旧识
将来彼此是无关的未知
明明一生一次　怎么就提前终止

荒原上雾气潮湿
他闪耀如萨尔茨堡的树枝
盼一次午夜梦至
是有意装作不知　爱已消融于上回晴日

不够叹为观止　只是冗长叙事
岁月漫长里写下的彼此
人生半途未至　却已恍如隔世
往事是洗不去的旧渍
似天上月落池　曾拥一弯月栉
经久也不甘心到此为止
若重回起始　还是想同你相识
曾相拥　曾热吻
也痴缠　也相伴
可是永恒难至　热恋也应如是

所以合该终止　任你生出羽翅
剩下我一个同记忆对峙
或许再回旧址　或许永远相思
或许我会忘记你名字
妥帖藏匿心事　向世人演漠视
遗憾是来不及造纪念日
偏偏拿一生空出左手第四指
爱不灭不止　我情愿浪费这一世

抬头吻光，俯首衔花

拂晓春雾沾湿层云
盛装昨晚的几粒星
清晨盼望出发航行
趁日色将盛又新晴

晨光落成海面碎金
风遇船帆撞出轰鸣
缄默冰川也苏醒
动身奔向未来再遇

是否会抵达另一处陆地
是否理想比昨日更近
倘若白浪能变作羽翼
双脚踏空去飞行
到银河拥抱星群
将经历写成童话
期待藏在帽檐下
你是否还记得啊
那一夜大岛的烟花
匆忙奔赴再一夏
被爱簇拥着长大
再细数过岁月　恍惚只一霎

是否会抵达另一处陆地
是否理想比昨日更近
倘若得一场好梦不醒
谁与我潜海寻鲸
与我黄昏时并立
将经历写成童话
怀念藏在帽檐下
你是否还记得啊
那一夜大岛的烟花
再去海角或天涯
也要尽力作灯塔
记得抬头吻光　再俯首衔花

再次相遇会是山顶
某月某日夏至风停
拿两载光阴写诗句
再唱与你听

让它向你逃逸

我无法不让这捧情愫满溢
可能仍畏惧将之袒露无遗
当友谊已牢不可摧　围墙里即开始生长情意
我只盼望予我一份力量将之诉清
我听见我心底的声音否认了此刻永恒
我知道世间没有一语能开脱我的畏惧
只因当你我肩撞到一起　我便知我已走入安全地域
你告诉我茫茫世间向何处去
你将世界勾勒成一池涟漪　清澈见底
哪怕我已颠沛流离
我要你住进我眼底
我无意撞进冷寂长夜
而你是一烛灯火　盈满我窗棂
当我与你的距离　连最瑰丽的梦境都无法相比
这最隐秘的情愫　我也不愿再压抑
我不再记得我曾为何逃离奔波
是时候恳请你　允我于你的港口停泊
抑或永远同你沉没
这最隐秘的情愫　我再也不愿压抑
我不再记得我曾为何逃离奔波
哪怕我只有卑躬屈膝
才能进入你的心门栖居
亲爱的，我不愿再压抑

我的一个内蒙古朋友

倏忽十年　新酒旧梦
潦草几页　一纸尘缘
蓦然入眼
是睽违三月　稔熟笑颜
像是望见风兀自吹动岁月
难掩迫切
自知这不只是再见
是心动时又现　抑或宽宥告解
热火焚于荒野
许是情爱向来都热烈
半生盼一场荒唐盛宴
也知泥壤暗生贪恋
诚恳且拙劣
不想拿挚友二字作结
同另外的谁暮雪百年
等你拂去袂上尘屑
等过往誓言　随流年湮灭
少年时学不会离别
分明无间　朝夕相携
闪烁明灭　混浊夜色飘浮缱绻
尚不知眷念囿于一匝圆月
几近离别

舞台前灯火秾艳
寻常故事情节　滚烫躯体紧贴
只凭一吻封缄
戏中人的爱恨都激烈
台下仍是平淡一屋檐
呼朋引伴众生喜悦
唯心动难歇
人群隙间漏出你一瞥
以为你同我心照不宣
见席上杯盏摇曳
你眸光潋滟　似纵我风月
新毕业　偌大的城市　你我仍临街
共逐梦　可前程微渺　难窥见明天
曲尽人散　徒留浅薄情爱　玻璃易碎裂
世俗当前　终生胆怯

其实情爱向来都热烈
是成年后须太多妥协
结友已是命运恩典
该千恩万谢
迟来告白到底被省略
奔赴南北也相去遥远
拿一生去换得一吻　当温柔诀别
经年云卷
到底以挚友二字作结
得万人慕恋　独暮雪百年
你说彼此关系难变

是未始先别
你终拂去衣袂上尘屑
只当久别后故友重见
剩我一个心动未歇
将你名谓唤得珍重　诚恳却拙劣
守故城旧梦片瓦残垣
等下一场再见

一路走来（For 异坤）

我知道这条路足够漫长
幸好有你愿意陪我逆流而上
打破规则　很天真　也疯狂
一路上　摸爬滚打　遍体鳞伤
谢谢你　于我泪目时借我肩膀

百里挑一　就是你　只有你　不容磋商
前路难　看你眼底温柔　我愿意去闯
再拼一次又何妨
身旁有你就有方向
我坚信这不是奢望
我要与你并肩站在最亮的舞台中央

年龄相仿　看你生涩又想比你年长
风格迥异　却也有了名为爱的互相模仿
你的目光　我一定要霸占独享
执着渴望　我知道你也一样

我有多坚强　在适者生存中乘风破浪
我有多彷徨　看不到你心就空茫
荆棘丛生　逼我尽露锋芒
你领我走向温暖柔软那方

在你怀里我才敢哭泣袒露脆弱悲伤

一路往上　心拥初心与向往
高楼之上　舞台是否依旧空旷
谢谢欣赏　有你我敢横冲直撞
请多关照　我们的征程仍在远方
一路走来　你的温柔是我不会枯竭的力量
一路走来　狂风呼啸衣袂飞扬

我爱这天空

假如我是树翳下的一粒种子
我也应该努力生长
挣脱干枯土壤的裹挟
汲取少得可怜的水分
朝着叶隙间的阳光扬头
——然后我枯萎了
连姿态也依旧向上

为什么要穷尽一生挣开阴影？
因为我向往怀抱天空……

无题

以梦为刃撕裂黝暗夜长
困兽之斗有你无惧业障
矢志不渝并肩从不怯场
振荡欢喜你是心之确向
得你便可安度余生跌宕

SEVEN

▶ 新闻短评

新闻短评一

据载，2019 年 8 月 7 日，在男子 400 米自由泳的决赛中，澳大利亚运动员霍顿以 0. 13 秒的优势战胜孙杨夺得金牌，赛后他表示孙杨不过是一个“嗑药的骗子”（drug cheat）。

在此事件经报道后，短短几天时间，便登上各大网站热搜头条，网友们的讨论热度也是持续高涨。大多网友所持态度皆为支持孙杨。因曾患心脏疾病，孙杨在赛前误服含禁物质的药品导致药检呈阳性，他的大意早已得到了禁赛 3 个月及众人舆论的惩罚。而此次奥运会中，霍顿在赢得金牌后对于孙杨落井下石的行为，以及奥运会中裁判及主办方对于中国选手种种不公平的行为，不得不让所有中国人进行一番思考。事情发生后，众多网友十分愤慨，高呼霍顿给孙杨道歉，这也并非王思聪口中的“硬按着别人头让人道歉”。我相信，所有支持孙杨并让霍顿道歉的中国人，只是希望那些在奥运会中努力为国争光的健儿们，获得与所有人一样的公平待遇。

新闻短评二

在里约奥运会女子100米仰泳半决赛中，中国选手傅园慧以58秒95的成绩排名第三，在赛后采访中，她表示“对自己的实力没有保留，已经用了洪荒之力了”。

本次奥运会堪称“画风清奇”。在比赛使用“洪荒之力”的“洪荒少女”傅园慧；在比赛中没睡醒，被教练摇醒后秒杀对手的“睡不醒”张继科；在跳高过杆后兴奋地跳舞的“跳高界泥石流”张国伟……诸多善意的调侃，使本次奥运会“凑CP”“表情包”取代了曾经“唯金牌是论”的新闻头条，越来越多的人开始关注那些可爱的运动员在比赛中所展现的个人魅力，而非仅仅盯紧他们手中的金牌。如今，个人的实力取得进步，哪怕没有奖牌，依旧能获得热烈的掌声。在我看来，这其实是一件莫大的好事。虽然金牌应当是运动员不懈追求的目标，但只有像现在这样，将焦点置于个人及团队的进步，才是奥运口号中“更高、更快、更强”中“更”字的体现。

可能我们做不到最好，但我们至少每次都在进步。这便是奥林匹克精神。“金牌少点就少点”，参与、尽力，足矣。

新闻短评三

据悉，18 日上午进行了里约奥运会田径女子 4×100 米接力预赛，美国队由于第二棒和第三棒交接棒失误列小组最后一位。她们赛后申诉表示，巴西队员对美国队第二棒菲利克斯进行了干扰，要求重赛。这样的申诉要求获得了仲裁的批准。

在这场比赛中，中国队本以第 8 名的成绩获得决赛资格，但因美国队在没有干扰的安静环境下单独重跑超越了她们原本的成绩 42 秒 70，使来之不易的决赛资格得而复失。而中国的申诉却是无效的，美国队依旧在重跑后骄傲地挺进了决赛。这样事件的发生，不该怪美国队，但我们应当把目光放到本次奥运会本身以及国际田联的身上。在 2011 年大邱世锦赛中，罗伯斯有意拉扯刘翔的行为对比赛结果造成巨大影响，本应获得第一的刘翔仅获银牌。当时中国队进行了申诉，国际田联认可了申诉，但结果却不能被更改。那么，我想，每一个中国人都想问，事到如今，谁来让刘翔重跑?

我们应当尊重国际田联做出的决定，但美国利用大国身份行使的种种特权，也的确有失公平。这是一场让体育精神蒙羞的比赛。我想，如果努力也无法改变这场裁决，那么就改变自己吧。只有实力，才能让特权与黑幕永远消失。

新闻短评四

近日，32 岁的患癌女教师刘某离世。治疗期间，她所供职的兰州交大博文学院以旷工为由将其开除。校方表示，刘老师请假时出具的假条并非癌症证明，事后也没按规定进行续假。决定解聘时，以为她已另找工作。

新闻一出，我的内心同大多网友一样，既震惊又愤怒。“以为”二字激怒了网友，病假未续，连一个关心的电话都没有，想当然地“以为”刘老师另找工作了，我以为这是谎言。而直接辞退，更是一种冷漠、自私、毫无人情味的做法，我们是否可以将其理解为在教师失去利用价值后就将其丢弃呢？这仿佛可以被理解为冷静、利益最大化的做法。可我们的社会，并非无感情的钢筋水泥筑造而成，而是血肉、是人情、是良心、是道德。在经过法律裁决后依旧视法律为无物，在其母专程上门补假条之时依旧置之不理的高校，当真能做到“育人”吗？而其校训“尚德、励志、博学、笃行”又真的做到了吗？教师是个神圣的职业，我认为，如此草菅人命，定要追责到底！

新闻短评五

近日，中国科幻女作家郝景芳凭借《北京折叠》（Folding Beijing）获得雨果奖最佳中短篇小说奖。这也是继《三体》作者刘慈欣后，又一位中国科幻作家获得雨果奖。雨果奖素有“科幻界诺奖”之称。

许多人看了小说后对其评价一般，更有甚者提出若是换个城市便不会获奖了。但我认为，作者选择了北京，选择了一个合适的背景舞台去展现自己的想象，这同样是一种十分强大的能力。虽然大多数人都认为这部作品与《三体》还是有差距的，但我认为更应该看到事物好的一面。的确，《北京折叠》所描写的并非一个好的未来，底层人民甚至对生活无力抵抗。可这正是一种警视，无须狭隘地猜疑评定的公平性，我们看完之后，应该做的是努力让我们的国家发展得更好，而非胡乱猜忌。无论如何，郝景芳的获奖也是国家发展的象征，祝贺！

新闻短评六

据外媒统计，里约奥运会至少有 44 名乒乓球运动员在中国出生，不过为中国队效力的选手只有 6 位。分析以为中国乒乓球强大的原因很简单，中国有 1000 万人经常参加乒乓球比赛，3 亿人偶尔也会打，而专业运动员的数量也远超其他国家。

这样的分析有些道理，许多人从小耳濡目染地学习乒乓球项目，但我同样以为这样的理由有些牵强。

三大人种各有不同的优势项目。白种人擅长力量方面的运动，这是地域、人种原因，难不成也要辩解为大多数人从小练习吗？而黑种人在田径方面异常优秀也是同样的道理。黄种人体型略娇小，力量也相对弱些，但我们更加擅长钻研技巧，所以我们在射击、乒乓、羽球等项目上更有建树。

而最重要的，还是运动员的悟性以及不断努力。我们承认，人口多更容易产生天才，但国乒能达到如今的水平，也历经了无数苦战，每一次成功都来之不易。群众基础很重要，但只有努力，才是真正的制胜法宝。向每一个努力的运动健儿，致敬！

EIGHT

▶ 与父母的对话

给父母的一封信

爸爸、妈妈：

很少用这样的方式与你们对话，其实挺难的。从小，我就不愿说些肉麻的话，如今，最心底的内容，也很难去表达。

我们一生中大概会遇到很多人，其实无非就那么几种，爱的，不爱的；愿意见的，不愿意见的；好的，坏的；爱我们的，我们爱的。这样几种方式，几乎可以将所有人进行分类，而你们，又是最特别的存在。

你们是我至亲的人，我当然爱，这是毋庸置疑的。可常常，我又深感疲惫。我们之间常有矛盾与冲突，误会与委屈。怒极之时，也是有的。可我想，爱不就是赋予我们在一次次将要选择不爱时，都能找到否定的理由吗？基于此，我认为，我们还是会这样吵吵闹闹地、喧嚣地爱下去。

其实，有时我不太想见你们，我会觉得与你们压根没有共同语言。我说的你们不懂，而你们张口闭口也都是我的学习。可当我真的如愿远离，在南半球隔海相望时，我又安静着，默默开始想念。你们对我无疑是包容的，包容我的任性小脾气和无名怒火。那么，我到底愿意见你们吗？一时间我给不出答案。哪怕相见两看生厌，背过身去，却又开始思念。

你们到底是好人还是坏人？我给不出标准答案，恐怕你们也给不出。大体来说，你们肯定是好的，毕竟你们所做的事都合乎道德与法律。你们又成功地把我带大，并帮我树立了相对正确的“三观”。可你们常说，“哪怕你长大以后恨我，我还是要这么做”“你恨我好了”，我又觉得你们是大坏人，如此招人厌。你们的好坏与否，我终究无法去评定，我只知道，你们是为我好、对我好的人。

总的来说，你们真是奇怪的矛盾体。在我的生命里，以你们自己的方式特立独行，但至少，因为你们的存在，让我无论走到何处，心中都明白：我不是一个人。因为你们的存在，我可以肆无忌惮地向前奔跑。哪怕我摔倒了，也总会有双手伸来，拉我起来，然后拍拍我的肩，告诉我：你不是一个人。

（注：写于初中二年级）

2019年女儿写于母亲节

妈妈：

展信佳。

其实之前没有想过要写这封信，毕竟抬头不见低头见，何必绕远路再去表达情意，但如今还是写了，是因为有些难以启齿的话，我却迫切地想要说与你听。

随着年纪愈大，我愈觉得我是个被你包在玻璃糖纸中的幸运小孩。我清楚地看见这个世界，却又比旁人多了三分日色明朗，与一地琉璃光——你教会我世界美好，我也美好。在我已经过的迂长的道路上，我很真切地记得一个我最骄傲的片刻：那时正与友人闲聊，谈及各样人等与我们钦羡的人生片刻，我忽然有个极笃定的念头，“我如今的人生，即使拿谁的来换，都是不换的”。不是因为对某一个体的留恋，而是我真的很喜爱如今的自己，和我周遭的整个世界。我想这是源于你的教育：教会一个人爱是一件了不起的事情。

也许你会有些奇怪，这些话早不说晚不说，非得拣在今日说。其实，刚才那些，并不是我最要紧想说的。要在今日写信予你，是我觉得今年于你而言很特别。当然，对我来说也特别，在你之前，我还未见过这样义无反顾的勇敢。

我昨天还在作文里写，“热爱是最贴切少年人的事情”，可我也没见到几个少年人的热爱，会比你勇、比你真。我始终觉得，“少年”是用来形容生命状态的，与生理年龄并不须一致。我虽然不知道如何去评定一个人的生命状态，可我不只一次见过，谈及你新开始的事业时，落在你眼眸里的星光，直白且热烈——实在像极了少年。

你曾经犹豫过，我也不止一次告诉你：“只管去做。”那时讲得仓促，如今我要再认真地郑重地告诉你几次才行。诚然，你给予我生命，但我永远也不要成为你的顾虑。你只管去过你澎湃的一生，你只是顺便走进我的生命，成为我的英雄。我才不要你做我的英雄，我要你永远是那个快乐的亮晶晶的小女孩。

我很少讲“爱你”，但我想你是知道的，我爱你，敬你。我盼望永远做受你温柔庇护的小孩，可我也想要成为同你一般明媚的、灿烂的、无畏的大人。我没有去过你的少女时代，但我知道，那时的你一定是个最适合盛春的姑娘。谢谢你成为我的母亲，谢谢你送给我的，那遍至山野的一整个春天。

你永远都说，你会是我头一个支持者。我也要告诉你，你的女儿长大了，她会是个很厉害的大人。她的母亲，那个从最美的春色里走来的姑娘，不需要时时刻刻坚强，你回头，你永远都有避风港。

引一句话赠你：“我不祝你一帆风顺，但我愿你乘风破浪。”

母亲节快乐，我最勇敢的妈妈。

你的女儿　胡菀书

（注：2019 年妈妈李璐终于下定决心，自从教 22 年的部队院校卸下大学副教授的身份，自主择业，专职从事家庭教育事业。所以，女儿菀书在信中说“今年于你而言很特别”。）

2019 年 6 月给爸爸 49 岁的生日信

亲爱的胡涛先生：

展信佳。

这是你成为一个父亲的第 15 个年头。从前的我，并没有把“生日”这一概念真正同你相连。我当然知道 6 月 4 日是个特别的日子，可也仅此而已。原谅我从未在这一天猜想你出生时的模样，那于我而言，实在是太陌生又太遥远的岁月。

你的过去是裹着他年初夏的风的故事。我不是那些夏日的故事的参与者，可风也经过了我的耳畔。

想到你也曾是个白白软软的小团子，我便要感慨时光的奇妙，在我所拥有的全部记忆里，你拥有始终如一的宽阔肩膀与沧桑面庞，不曾年幼也不会老去。写到这里，我忽然想起一些关于你的生活细节。你很爱讲你的过去，轻描淡写的辛苦与很简单的快乐，我有时爱听有时不爱听，可现在想来，我只感到幸运。那不是一段轻松的明快的岁月，比起如今的少年人，你多吃了太多苦。但你接纳了苦难，你更多地记住了不可爱的岁月间可爱的事与人，当一切走远时，你选择在心中留下美好，你教会了我这样的品质，我哪怕是想起你们最愤怒地责骂我，而我倚着门板暗地里发誓要与你们断绝关系的时刻，都会感受到一种温暖与美好。当一切情绪淡到没有痕迹时，我感受到的只剩下生命的蓬勃与热烈——谢谢你，让我成长为一个懂得留存美好的人，这是我至今觉得最幸运的事。

我本来想帮你回忆青春，可现在又觉得没必要——那是独属于你的青涩的年岁，与我无关。我最有发言权的，是关于你身为一个父亲。

我是个不太记事的人，可有一个画面，至今鲜艳如昨。你记不记得有段时间我很怕黑？现在的我已经说不出我到底在怕什么了，可我始终记得你坐在我床头的背影。我过中国节也过外国节，但我不信神佛也没见过上帝，倘若一定要描摹某种具象，当融融的橘色灯光自你的发梢向背脊和腰腹流淌时，你朦胧的身影便是我的神明——一种绝对的永恒的安全感。我想，哪怕以后我有了很相爱的人，也不会再有那样一个夜晚，在我独立地航行时，再温柔的海浪也不及幼时的摇篮。

一个小时的晚自习过得好快，写到这里我便要收尾了。我要坦诚我的脾气不太好，经常同你吵架。可请你记得，如果把这样的相处归为白天黑夜或阴天晴天，那么爱就是星星。以后在你为我的不听话恼火时，请一定要想想天际可见或不可见的群星，它们从来不会离开，沉默却始终明亮。

最后的最后，请一定要保重身体！你是最初那个点亮灯塔的人，我可以暂时失去方向，却不能失去光的来处。

生日快乐，我的父亲，我的曾经的也是永远的少年。

你的女儿　胡菀书

2020 年给爸爸 50 岁生日信

亲爱的爸爸：

展信佳！

当今天走向尽头，时钟归零，你就要 50 岁了。这对我来说是一件有些不可思议的事。它比一缕白发，一道皱纹更直接地把岁月摆在我面前。

小时候，你是让我的回忆像童话故事一样的存在。你高大、沉默，总是很忙碌，但也总会抽出时间来陪我；你看起来无所不知，无所不能，但也总是愿意陪我玩最幼稚的游戏，讲大人不会再相信的童话。我没有见过圣诞老人，也没有见过孙悟空，但我却收到圣诞老人的礼物，我也记得关于孙悟空的所有故事。我愿意相信世界上所有的美好，因为爱就是现实中的魔法。

谢谢你爱我。

我说你的 50 岁对我来说是不可思议的事，因为我相信了 16 年的“永远”，忽然就已经过去一半了。我渐渐长大，你渐渐老去，16 年前相交的两条线，似乎在往不同的方向延伸。向远处飞行是写进我未来的命运，可我至今还不敢去设想与你的别离。曾经以为不会有终点的童年，好像满打满算也只剩下了一年。

似乎已经到了不能再挥霍的时刻了！因此，我想要告诉你两件事。

不要再沉默了！我其实很喜欢听你说话，讲故事或者谈论时事都好。我想了解我不曾参与的你的过往，和同一个时空中，隔着岁月相遇的思维。另外，请你直白地表达你的情绪，无论是喜悦、忧伤还是愤怒。与你分享与分担，不是我的责任，而是我的愿望。

你已经走过了生命里一半的旅程，可我似乎还不够了解你的人生，了解你除了是我爸爸之外，还是一个怎样的人。我想知道你的故事、你的心情、你的爱好，你的与我无关的生活点滴。我好希望，你在我的生命里，除却“父亲”的身份之外，仍然是最特别的人。

围着我打转的日子快要结束了，但你还有更远的旅程，更多的风景。也许几年以后，几十年以后，我们要一次次再见，但愿那时不是你在原地等我，而是我们约好在某处重逢。那个时候，你也可以把你的精彩的人生故事讲给我听。

最后，请永远不要怀疑我对你的爱，曾经我依赖你、仰慕你，从今以后，我会独立地爱你。

生日快乐！

爱你的女儿　胡菀书

胡菀书幼儿园毕业典礼上
爸爸作为家长代表发言

尊敬的各位老师、各位家长，亲爱的小朋友们：

大家上午好！

我是二班小朋友胡菀书的爸爸。今天我非常荣幸地参加小朋友们的毕业典礼，并作为家长代表在此发言。我此刻的心情和所有在座的家长朋友一样，心中充满感激。首先，请允许我代表各位家长真诚的感谢幼儿园的老师三年来对我们孩子的关心与呵护，感谢你们长久以来的努力工作、默默奉献以及爱的行动，正是你们的努力、你们的奉献、你们的爱成就了孩子们的快乐、幸福和笑容。同时我们还要向即将毕业的可爱的孩子们表示祝贺，祝福每个孩子迈向人生新的旅程，祝福你们都有美好的未来！

此时此刻，我看到孩子们那一张张健康快乐、充满自信的小脸，被每个孩子身上所呈现出来的那种盎然生机深深地感动。三年前，我们把孩子送到海工大幼儿园，那时的孩子害羞、胆怯，也很稚嫩，经过三年幼儿园的学习和生活，不仅使他们系统地完成了各门课程的学习，而且在与老师和小朋友的朝夕相处中，他们更学会了互相帮助、团结友爱、乐观上进、自信坚强。3 年来，孩子从幼儿园带回的每一个笑容，讲述的每一个幼儿园里发生的故事，唱的每一首歌，跳的每一个舞，准备的每一个活动方案，都让我感受到孩子是在一个健康的、快乐的环境里幸福成长，我们家长的心里都感到非常欣慰！看着孩子们在幼儿园里快乐地生活，健康地成长，养成了很好的生活学习习惯，而且得到了最好的启蒙教育，作为家长，我感到很庆幸，庆幸我们的孩子能就读这样好的幼儿园，在我们那么敬业、那么充满爱心而且善于思考的老师的培育下，孩子们增强了自信心，学会了合作、分享和交往；提高了动手、表达和思维能力；最重要的是他们普遍在学习中得到了快乐。

孩子们今天正式毕业了，时间也许会冲淡我们的记忆，但是，岁月绝对磨灭不了我们对幼儿园的深情。在此衷心祝愿孩子们在今后人生的不断自我超越当中学会学习、学会做人，健康快乐地成长！衷心地感谢所有的老师！你们的付出不仅我们记得，我们的孩子也会永远记得！再一次道一声：谢谢你们，敬爱的老师！最后让我深情地向老师们致以崇高的军礼！谢谢！

既然选择了远方，便风雨兼程

——致即将初中毕业的女儿菀书

亲爱的女儿菀书：

今天是“六一”儿童节，在这个不属于你的节日到来的时候，意味着跨入六月的你即将面临人生重要的一个节点——中考和初中毕业。日子总是飞快，你刚上初一时短发、稚嫩的模样还历历在目，转眼你已是黑发飘飘、内心坚定的美少女。

初中三年，1000 多天，由于家离学校较远，你每天天没亮就起床，天黑了才背着重重的书包、挤出轻轨疲惫到家，可妈妈从没听到你抱怨，因为你心中坚定学习是自己的事。这三年，随着成绩的起伏，你也在完成青春期的重要任务——寻找更好的自己。这其中的酸甜苦辣、欢笑泪水，爸爸妈妈一同经历并欣喜见证着你的成长。你的作文由初一的散、长变成了初三的简洁、明快、有力，形成自己的文风，妈妈已经自叹弗如；你在数学学习上的钻劲，妈妈更为钦佩。你思路清晰、目标明确，在妈妈“自以为是”“无端干扰”的情况下，你总是能够坚持自己，顶着巨大压力，不断超越。就像你说的：“努力会被看见”，你凭着自己的那股钻劲、韧劲，在寒假到四月调考的短短几个月内，与目标高中二高由 B 约、升到 A 约、再到 A + 约。“青春仪式”上，你获得“进步之星”上台领奖，是对你初中三年不断努力最好的嘉许与看见！在妈妈说以你为骄傲的时候，你温和地告诉我：“我们谁也不为彼此骄傲，我们是独立的个体”。你对妈妈说，只有当妈妈成为更好的自己时，你才会成为更好的你。你用你的方式在挣脱母爱的羁绊、寻找更好的自己。所以，我不得不承认：孩子啊，你真的是父母成长的导师。三年的时光，你用优雅的姿态披荆斩棘，面对成绩起伏荣辱不惊，面对困难压力冷静沉着，渐渐磨砺成为自己心中的英雄。

亲爱的女儿，一段人生旅程即将结束，我多想时光慢些、再慢些，谢谢你允许爸爸和我陪你一路成长。中考即将来临，我知道此时的你无须证明什么，你早已怀揣着朝向未来策马驰骋的勇气，追逐自己的梦想。

如同你写的："愿每一个你可以走过繁花似锦，也愿每一个你能在时光里以少年的姿态相遇。届时，定山花烂漫，万物复苏，一切都奔向那个盛大的欢喜"。

女儿，既然选择了远方，便风雨兼程吧！相信前路繁花似锦，菀书未来可期！

爱你的妈妈（一并代表同样深爱你的爸爸）

2018 年 6 月 1 日

你终于成为独一无二的自己

——致即将奔赴未来的 18 岁女孩

亲爱的女儿：

2021 年 7 月，即将 18 岁的你，已经经历了成人礼，经历了高考。作为妈妈，想对即将 18 岁的你说些什么，回忆点点滴滴，一时间却又什么也说不出来。我觉得自己都还没有完全成熟，你却已 18 岁了。

就在你高考完的某一天，我陪你去杭州，晚上我们俩在宾馆，各自躺在床上，动作一致——跷着二郎腿，闲聊着，平凡又温馨，妈妈感觉特别满足。想起你初二时，我们一起去北京，在一个傍晚的出租车上，你望着窗外，我突然间看到你的侧脸，那时我就在想：能陪在你身边的日子还有多久？妈妈要珍惜与你在一起的每一刻。这两个画面（当然还有无数个温馨的画面）深深印在我的脑海里。在你即将奔赴美好未来的时刻、在你即将独自展翅高飞的时刻，作为妈妈，我想对你说：18 年，母女一场，妈妈没有任何遗憾，心怀感恩、心满意足！因为你在青春期的迷茫探索中，在学业压力与寻找独特自我中，基本完成了自我同一性，你不会单纯用世俗的标准定义自己，你相信自己就是独一无二的！带着这份自信、坚定和完整的人格，当你即将独自踏上未来的征程时，你已具有独自高飞的能力和勇气，妈妈放心、踏实，同时为你深深祈愿、祝福。

亲爱的女儿，妈妈要感谢你，你让我懂得了什么是真正的爱，领悟到了该如何爱“你”，而不是爱“它”。

为什么是“你”，而不是“它”？在与你的无数次互动中，特别是与你的冲突中，我慢慢懂得：“你”是独立的生命，而“它”是证明我是否是好母亲或其他什么的工具（证据）。很显然，你就是你。

为什么是“你”，而不是“它”？“你”是独立的生命，妈妈多次用自己曾经成功、有效的经验，妄图去替代你的经验，而你的抗争、你坚定地守护自己的界限，让我渐渐懂得：作为成人，我太傲慢、太自以为是了！头破血流也好、成功满足也好、更多的滋味也好，那都是独属于你的人生体验。即使是妈妈，我也没有权利去剥夺你的人生体验，哪怕你会暂时头破血流。

为什么是“你”，而不是“它”？“你”是独立的生命，而妈妈曾无数次用自己所谓的真理去限制你的思考，这些看似出于爱而想保护你少走弯路、少摔跟头的初衷，实则只是把“你”当作了“它”。从长远来看会挫伤你自我发展的潜能，压抑你的自我成长。幸好，你每次都会很有力地维护自己的权利，哪怕面对长辈时也不妥协。

幸好，你不是一个“听话”的孩子。幸好，你让妈妈懂得了父母能给予孩子的就是信任和爱。你的蓬勃生长，哪怕这种生长方式近乎野蛮，都关乎你的未来，关乎你自在的生命力，关乎你自主决定人生的畅快，关乎你感受幸福的能力！

亲爱的女儿，祝贺你，在你即将18岁的时候，终于成为独一无二的自己！而一个人最高贵的状态，就是做自己。在今后的人生路上，遇到任何情况，都要相信自己，坚定地走下去！

桥都坚固，隧道也光明！

永远爱你的妈妈
2021年6月29日